KB057210

나도

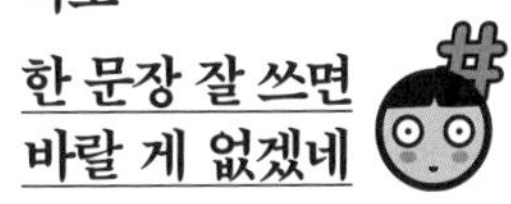

나도 한 문장 잘 쓰면 바랄 게 없겠네

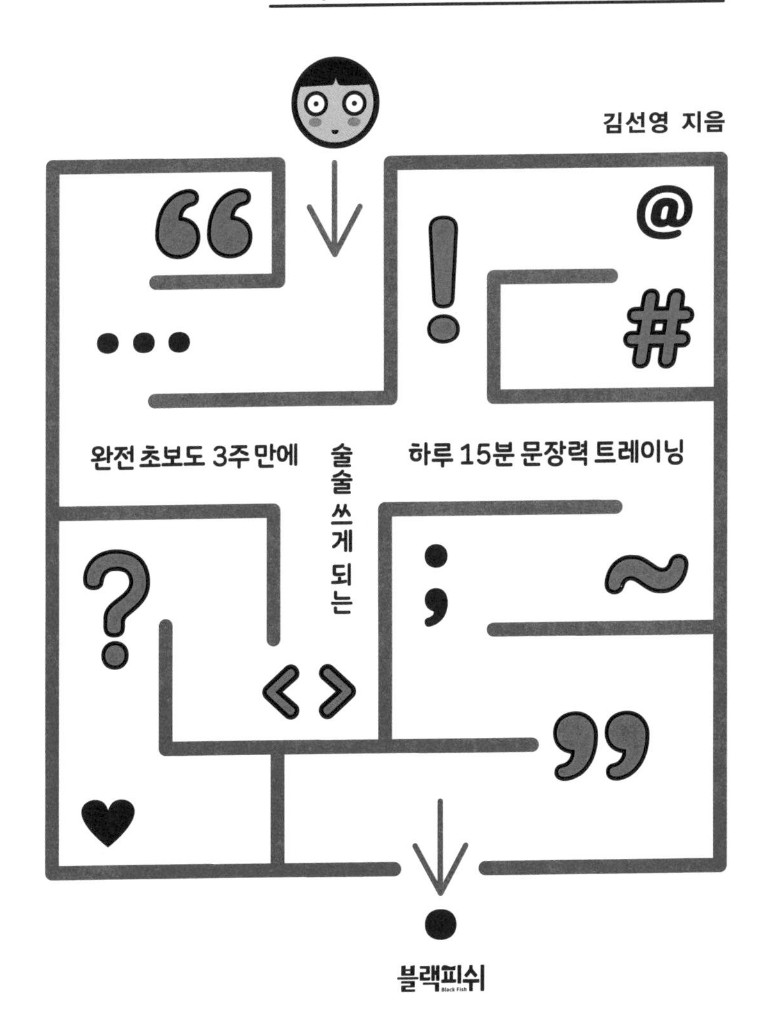

블랙피쉬

프롤로그

글쓰기도 운동처럼 매일 훈련한다면?

서점에는 수많은 글쓰기 동기부여 책과 작법서가 꽂혀 있고 지금도 쏟아지고 있습니다. 그만큼 글쓰기에 관심 있는 사람이 많다는 뜻이겠죠. 글쓰기는 나를 확인하고 표현하는 효과적인 도구이며, 직장인에게는 생존 수단이기도 합니다. 많은 직장에서 여전히 문서를 통해 일을 하고 있죠. 비대면과 재택근무가 일상이 되면서 글쓰기 소통 능력은 더욱 중요해질 겁니다. 불안정한 직장인 대신 '직업인'으로 살고 싶어 하는 많은 사람이 요즘 퍼스널 브랜딩에 몰두하고 있습니다. 이때에도 글쓰기 능력은 기본이자 필수입니다.

저는 글쓰기 책에 회의를 느끼는 편입니다. 글쓰기는 일종의 기술로, 실력을 키우려면 많이 읽고 쓰는 수밖에 없다고 생각하기 때문입니다. 수영이나 바이올린처럼, 누군가에게 배우더라도 결국은 제 몸으로 익혀야 한다고들 하죠.

그럼에도 스티븐 킹이 쓴 작법서나 유시민, 강원국 작가의 책을 들춰봅니다. '글쓰기 대가에게는 내가 모르는 무언가가 있지 않을까' 하는 기대를 품고 말이죠. 역시 왕도는 없어요. 그들 역시 많이 읽고 써야 한다고 한목소리로 강조합니다.

글쓰기에 관심 있는 사람은 웬만한 글쓰기 책은 이미 섭렵한 상태예요. 그래도 글이 늘지 않는다고 답답해하죠. 많이 읽었지만 '제대로' '충분히' 쓰지 않았기 때문이에요.

책을 읽으면서 동시에 매일 글을 쓰게 하는 글쓰기 실용서가 있으면 좋겠다는 생각이 들었어요. 마치 헬스 트레이너에게 PT를 받듯 글쓰기 PT를 받는 것이죠. 헬스장에 등록해놓으면 운동하러 가듯, 글쓰기도 기간과 시간을 정해놓고 매일 훈련하는 거예요. 저는 이것만큼 확실하게 글쓰기 실력을 키우는 방법은 없다고 믿습니다. 이 책은 21일 동안 PT 형식으로 글쓰기 훈련을 하도록 설계되어 있습니다. 트레이너에게 PT를 받으면 혼자 운동하는 것보다 더 확실한 효과를 얻을 수 있죠. 이 책이 그런 역할을 해주리라 믿습니다.

저는 첫 책을 내기 전까지 13년 동안 방송 작가로 일하며 글을 썼습니다. 방송 글은 일정한 주기로 마감을 하고 분량이 정해져 있죠. 그야말로 운동처럼 반복 훈련을 하며 글쓰기를 익혔습니다. 방송 글은 전달력이 뛰어나야 합니다. 시청자 눈길을 사로잡으려면 구성이 흥미로워야 하고, 문장은 귀에 잘 들어와야 하죠. 주제와 콘셉트가 명확해야 시청률이 잘 나오는 건 물론이고요. 알고 보니 '강한 문장'을 쓰는 훈련을 해온 셈입니다. 본문에서 다루겠지만 강한 문장이란 술술 읽히고, 공감이 가며, 주제가 명확한 글을 이루는 문장을 뜻합니다.

이 책을 처음 장만한 기계에 딸린 '매뉴얼'처럼 활용하길 바랍니다. 커피에 관심이 생겨 에스프레소 머신을 샀다고 상상해보세요. 사용법을 잘 모르니 우선 매뉴얼을 읽어봐야겠죠? 매뉴얼을 전공책처럼 정독할 사람은 없겠지만, 적어도 전원을 켜고 끌 줄은 알아야 할 테니까요. 원두 그라인딩부터 탬핑하는 방법, 추출 과정 등을 차근차근 읽어가며 차례대로 기계를 조작해볼 겁니다.

곧 향기롭고 풍미가 진한 커피 한잔이 완성되겠죠. 아메리카노에 성공하니 다음 날은 카페라테 만들기에 도전하고 싶어요. 매뉴얼을 다시 꺼내 스팀 우유 만드는 법을 찾아서 읽어봅니다. 매뉴얼대로 했더니 맛있는 카페라테가 완성됐네요.

익숙해질 때까지는 가끔 매뉴얼을 들춰봐야 하는 날도 있을 거예요. 그러다가 사용법을 완전히 숙지하고 몸에 익으면 매뉴얼은 더 이상 필요 없고, 어디에 두었는지조차 기억에서 사라지겠죠.

매뉴얼을 읽어가며 새로운 기계를 조작하듯, 이 책을 읽으며 하루 15분씩 글을 써보세요. 처음에는 낯설고 어렵게 느껴져도 21일이 지나면 어느새 자신감이 바짝 붙어 있을 겁니다. 글을 쓰다가 막힐 때, 권태기가 찾아올 때는 다시 꺼내서 읽어보세요. 몇 번 반복하면 이 책이 필요 없는 날이 오겠죠. 상상력, 창의력, 논리력, 사고력에 글쓰기 근육이 탄탄하게 붙어서 막힘없이 '강한 문장'을 써 내려갈 겁니다.

그런 날이 빨리 왔으면 좋겠다고요? 지금 당장 글쓰기 PT를 시작하세요. 당신의 글쓰기 코치 글밥이 도와드릴게요!

차례

2장
초급 기초 체력 다지기

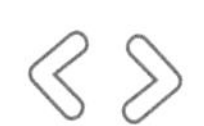

3장
중급 부위별 큰 근육 키우기

4장
고급 섬세한 잔근육 만들기

5장
실전 강한 문장 써먹기

1장 신체검사와 오리엔테이션

글쓰기 나이를 측정해보세요

비실비실 힘없는 문장 때문에 회사에서 문서를 작성하는 일이 버거웠나요? 블로그나 SNS에 남들처럼 영향력 있는 글을 써보고 싶다고요? 내 이름으로 책을 내고 싶은데 글재주가 없어서 고민이라고요?

잘 찾아왔습니다. 오늘부터 글쓰기 코치 '글밥'과 함께 언제 어디에서나 '강한 문장'을 쓸 수 있도록 훈련해봅시다. 앞으로 21일 동안 글쓰기 PT Personal Training를 잘 따라오면 더 이상 글쓰기 때문에 주눅 드는 일은 없을 거예요.

본격적으로 훈련에 들어가기 전, 현재 자신의 상태부터 정확하게 진단해봐야겠죠? 글과 얼마나 친숙한지, 글을 쓸 준비가 되어 있는지 가늠해보는 일명 '글쓰기 나이'를 측정해봅시다.

글쓰기 나이 = (맞춤법 레벨 + 단어 탄력성) × (독서 근육량 + 1) ÷ 10

1단계 당신의 맞춤법 레벨은?

올바른 표기를 골라보세요.

글밥　오늘은 맞춤법 테스트를 하는 날입니다. 자신 있죠?

PT 회원　그럼요~ 그런데 선생님! 시작하기 전에 잠깐 화장실 좀 다녀와도 됄까요 / 될까요?

글밥　네. 다녀와서 뵈요 / 봬요.

10분 후

PT 회원　대박! 방금 희한 / 희안한 일이 있었어요.

글밥　네? 무슨 일이요?

PT 회원　화장실로 가는데 웬지 / 왠지 느낌이 싸한 거예요. 뒤를 돌아봤더니 작년에 양다리를 걸쳐서 헤어진 전 남자 친구가 떡하니 서 있는 거예요 / 거에요.

글밥　어머, 그래서 어떻게 / 어떡해 했어요?

PT 회원　어쩌긴요! 왠만하면 / 웬만하면 모르는 척하려고 했는데 "오랫만 / 오랜만이네!" 하면서 저를 부르더라고요. 어이 / 어의가 없어서.

글밥　참 뻔뻔하네요. 모른 척 지나가는 게 서로 낳을 / 나을 텐데. 자 그건 그렇고, 이제 맞춤법 테스트를….

PT 회원　아 맞다! 집에서 나올 때 문을 잠궜 / 잠갔나? 기억이 안 나네. 제가 이렇게 깜박깜박한다니까요. 저 금방 집에 좀 다녀올게요 / 께요!

글밥　!!!

✳ 정답은?

될까요 / 봬요 / 희한 / 왠지 / 거예요 / 어떻게 / 웬만하면 / 오랜만 / 어이 / 나을 / 잠갔 / 게요

✳ 몇 개나 맞혔나요?

0~2개: 레벨 1

3~5개: 레벨 2

6~8개: 레벨 3

9~10개: 레벨 4

11~12개: 레벨 5

2단계 당신의 단어 탄력성은?

단어는 글 쓰는 사람에게 재산입니다. 등단 50주년을 맞은 조정래 작가님은 "좋은 글을 쓰고 못 쓰고는 단어를 얼마나 많이 아느냐로 결정된다"라고 말하기도 했지요.

많은 단어를 안다는 것은 폭넓은 독서를 해왔다는 뜻이기도 합니다. 비슷해 보이는 단어들 사이에서 미묘한 차이를 감지하고 활용하는 능력, 문학적인 단어를 인지하는 정도를 합산해 '단어 탄력성'이라고 부르겠습니다.

1 **다음 단어와 뜻이 비슷한 단어를 각각 나열해보세요.** (개당 1점, 최대 3점)

예) 후회 = 회한, 회개, 아쉬움, 통탄, 한탄 → 3점

- 성장
- 고통
- 수준

2 **다음 단어 중 뜻을 아는 단어는 몇 개인가요?** (개당 1점)

- 스러지다
- 지분거리다
- 주억거리다
- 허정거리다
- 들썽거리다
- 곰살맞다
- 섧다

✻ 정답은?

1 **성장:** 번성, 번영, 발전, 증가, 확장, 팽창 등

고통: 고난, 괴로움, 아픔, 고초, 시련, 고생 등

수준: 정도, 차원, 깜냥, 능력, 실력, 표준 등

2 **스러지다:** 형체나 현상 따위가 차차 희미해지면서 없어지다.

지분거리다: ① 짓궂은 말이나 행동 따위로 자꾸 남을 귀찮게 하다.

② 음식에 섞인 모래나 돌 따위가 귀찮게 자꾸 씹히다.

③ 자꾸 날씨가 궂고 눈이나 비 따위가 오락가락하다.

주억거리다: 고개를 앞뒤로 천천히 끄덕거리다.

허정거리다: 다리에 힘이 없어 잘 걷지 못하고 비틀거리다.

들썽거리다: 가라앉지 않고 어수선하게 자꾸 들뜨다.

곰살맞다: 몹시 부드럽고 친절하다.

섧다: 원통하고 슬프다.

*출처: 국립국어원 표준국어대사전

단어 탄력성 = 1 + 2 점수

총 몇 점인가요?

당신의 독서 근육량은?

한 달에 책을 몇 권 정도 읽으세요? 아, 질문이 잘못됐다고요? 1년 동안 읽는 권수를 물어야 했나요? 우리나라에서는 문화체육관광부가 2년에 한 번씩 국민 독서 실태 조사를 하는데, 충격적인 결과가 나왔습니다. 2019년 한국 성인의 연간 평균 독서량이 7.5권으로 조사된 것이죠. 그마저도 2017년 9.4권에서 줄었다고 하네요.

반면 초·중·고 학생의 평균 독서량은 40.7권으로 2년 전에 비해 6.4권 늘었다고 합니다(교과서·학습 참고서·수험서·잡지·만화 제외).

많은 성인이 한 달 평균 책 한 권도 읽지 않는 가장 큰 이유는 무엇일까요? '시간이 없어서'라고 답하고 싶겠지만 틀렸어요. '책 이

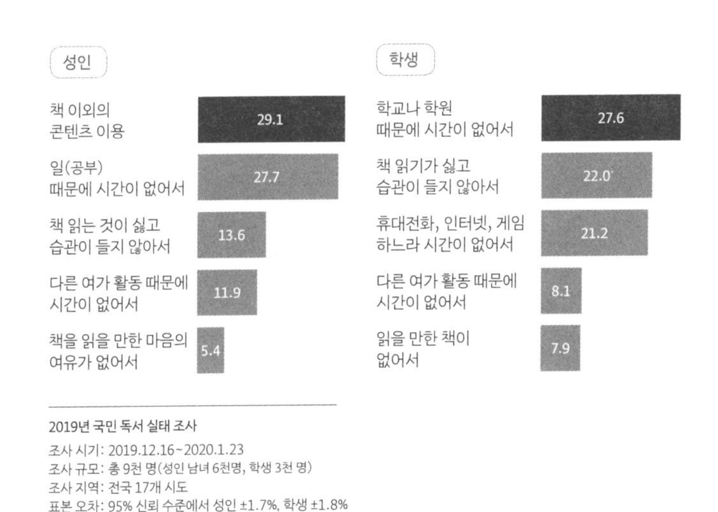

성인·학생의 독서 장애 요인(단위: %)

외의 콘텐츠를 이용(29.1%)'한다는 응답이 가장 많았거든요. 한마디로 책 말고도 재미있는 게 너무 많다는 거죠. 인정합니다.

하지만 당신처럼 모든 유혹을 뿌리치고 책 없이는 하루도 못 사는 사람도 있습니다(저는 그렇게 믿어요). 오랜 기간 꾸준히 책을 읽었다면 글쓰기에 굉장히 유리합니다. 활자에 익숙해서 읽지 않는 사람보다 글 쓰는 일에 두려움이나 거부감이 적기 때문입니다.

1년에 책을 몇 권이나 읽나요?

4권당 1kg, 최대 10kg(40권 이상은 동일)

예) 성인 평균 7.5권 → 독서 근육량 1kg, 학생 평균 40.7권 → 독서 근육량 10kg

글쓰기 나이 = (맞춤법 레벨 + 단어 탄력성) × (독서 근육량 + 1) ÷ 10

✽ 당신의 글쓰기 나이는?

0~2세: 꼬물꼬물 신생아

2~10세: 덩치만 우람한 어린이

10~18세: 성장기 청소년

18세 이상: 건장한 성인

이런, 몸은 성인인데 글쓰기 나이는 이제 막 걸음마를 뗀 수준이라고요? 아직 늦지 않았습니다. 이제 나 자신을 파악했으니 백전백승할 일만 남았네요.

우선 '일상 조절'부터 시작합시다.

더 빨리 잘 쓰고 싶다면 일상 조절 OT 1교시

건강한 몸을 만들겠다고 헬스장에 가서 PT까지 받으면서 밤마다 치킨을 시켜 먹으면 운동 효과가 있을까요? 식단 조절은 기본이고 필수입니다. 글도 다르지 않아요. 잘 쓰고 싶은 욕심이 있으면 '일상 조절'을 해야 합니다. 아무것도 포기하지 않으면 아무것도 얻지 못 합니다. 방법은 간단한데, 글쓰기에 보탬이 되는 시간은 늘리고, 방해가 되는 시간은 줄이는 것입니다.

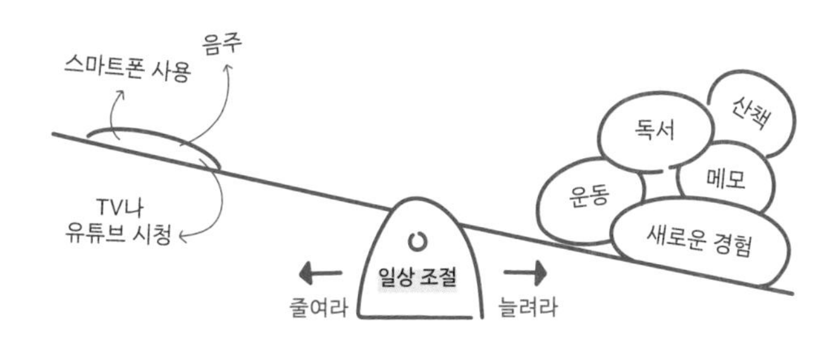

늘려라!

1 독서

거창하지 않습니다. '100일 동안 하루에 책 10장 읽기'처럼 작은 목표를 세워 습관이 될 때까지 꾸준히 실천합니다.

2 메모

글감은 보통 틈틈이 적어둔 메모에서 솟아납니다. 책을 읽다가 감명 깊은 내용, 일상 속 스쳐 지나가는 단상을 놓치지 말고 그때그때 기록합니다.

3 산책

바깥 공기를 쐬면서 걸으면 산만했던 머릿속이 정리되고 아이디어가 떠오릅니다. 철학자 이마누엘 칸트처럼 매일 똑같은 시간에 산책을 해보는 건 어떨까요?

4 운동

꾸준히 글을 쓰려면 강인한 체력과 정신력이 뒷받침되어야 합니다. 글쓰기에 진지하게 임하는 사람이라면 운동은 시간이 남을 때 하는 게 아니라 시간을 내서라도 해야 합니다.

5 새로운 경험

기회가 될 때마다 낯선 분야를 접하고 다양한 문화생활을 즐기세요. 경험만큼 생생한 글감은 없습니다. 다룰 수 있는 세계가 넓어지고 일상이 영감으로 흘러넘칩니다.

줄여라!

1 TV나 유튜브 시청

알고 있죠? 순식간에 시간이 증발하는 마법. 오늘 쓸 글을 내일로 미루는 지름길입니다.

2 스마트폰 사용

마찬가지죠. 스마트폰에 깔린 애플리케이션부터 다시 배치하세요. 한번 빠지면 헤어 나올 수 없는 개미지옥, 쇼핑 앱은 지우고 SNS 앱은 폴더에 꼭꼭 숨깁니다. 아무래도 안 보이면 덜 누르죠. 대신 스마트폰 홈 화면에 '국어사전'과 '메모' 앱을 설치하세요.

3 음주

약간의 알코올은 창의력을 높인다는 연구 결과도 있지만, 습관적으로 술을 마시거나 폭음을 즐긴다면 반드시 고치길 바랍니다. 글 쓸 시간을 빼앗고 수면의 질을 망쳐 다음 날 컨디션에까지 영향을 미칩니다. 게다가 지나친 음주는 단기 기억력을 손상시킨다고 알려져 있죠. 그러므로 술은 단어와 문장을 섬세하게 다루어야 할 글쓰기에 취약입니다.

글쓰기를 가로막는 오해 풀기 Q & A

Q1 글 잘 쓰는 사람은 타고난다?

타고난 재능도 있을 거예요. 글쓰기는 사고와 표현의 영역이고, 이를 담당하는 뇌는 신체기관이니 유전적인 영향을 받을 테니까요. 감수성이 유독 풍부하거나 표현을 잘하는 사람이 있죠. 하지만 아무리 옹골진 씨앗이라도 물을 주지 않으면 싹을 틔우지 못하는 것처럼, 노력 없이 저절로 실력을 갖추는 일은 없습니다. 당신의 씨앗이 실한 열매를 맺느냐 여부는 관심과 노력을 얼마나 기울이느냐에 달려 있습니다.

Q2 글을 잘 쓰려면 책을 꼭 읽어야 할까요?

글 잘 쓰는 비결을 물으면 흔히 삼다三多를 이야기합니다. 송나라 문인 구양수가 말한 다독多讀 다작多作 다상량多商量, 즉 많이 읽고 쓰고 생각하는 것입니다.

간혹 책을 많이 읽는데 글을 잘 못 쓰는 경우는 있지만, 책을 안 읽는데 글을 잘 쓰는 사람은 없습니다. 많이 읽으면 아무래도 낫죠.

글쓰기는 생각을 몸 밖으로 꺼내는 일입니다. 생각의 재료는 직간접 체험에서 생겨나죠. 책은 내가 직접 겪어보지 못한 수많은 경험과 지식을 대신합니다. 책을 읽으면서 지식만 얻는 게 아닙니다. 작가의 사고방식, 글쓰기 방식을 함께 흡수합니다. 그러니 많이 읽는 사람이 잘 쓰기 쉽습니다.

Q3 문장은 무조건 단문으로 쓰는 게 좋을까요?

무조건은 아닙니다. 그렇지만 글쓰기에 자신이 없거나 익숙하지 않다면 우선 단문 위주로 쓰길 추천합니다. 단문이란 문장의 기본 구조로 '주어와 서술어가 각각 하나씩 있는 최소 단위 문장'입니다. 아직 기본이 안 되어 있는데 그 이상을 하는 것은 무리입니다.

두 개 이상의 절로 이루어진 복문은 생각이 엉켜서 주어와 술어가 어긋나기 쉽습니다. 읽는 사람도 피곤합니다. 반면 단문은 간결하니 읽는 사람이 편안합니다. 속도감이 있고 경쾌합니다. 적어도 못생긴 글은 피할 수 있습니다.

하지만 단문만 연달아 나오면 글이 지나치게 가벼워 보이거나 뚝뚝 끊기는 듯한 느낌이 듭니다. 달릴 만하면 급브레이크를 밟는 것처럼 허무하기도 합니다. 글쓰기가 어느 정도 숙련된 사람은 단문과 복문을 적절하게 섞어서 쓰면 좋습니다. 리듬감이 생겨 글이 덜 지루하게 느껴집니다. 이는 글쓰기와 친해지면 의식하지 않아도 자연스럽게 됩니다.

Q4 요즘 시대에 맞춤법이 그렇게 중요한가요?

고려 시대에는 금속활자에서 오·탈자가 발견되면 담당자 급여를 깎거나 곤장을 때리기도 했다고 합니다. 요즘은 곤장을 때리진 않지만 예상치 못한 부작용을 겪을 수 있어요.

> ○○ 씨, 주말에 소계팅 했던 박학다식입니다.
>
> 감기는 다 낳으셨어요?
>
> 그날 예기를 충분히 못 나누어서 아쉽내요. ㅠㅠ

대학생 약 90퍼센트가 맞춤법 틀리는 이성에게 호감이 떨어진다는 설문 조사가 있어요. 호감이 가던 사람도 맞춤법을 엉망으로 쓰면 다시 보게 됩니다.

이성에게 잘 보이기 위해서만은 아닙니다. 맞춤법을 지키는 건 글을 쓰는 사람이 지녀야 할 기본자세입니다. 물론 띄어쓰기와 맞춤법을 완벽하게 지키는 사람은 드물 거예요. 규칙에 예외 조항도 많아서 헷갈리고요. 하지만 경각심을 갖는 게 좋겠죠?

맞춤법을 지켜야 하는 이유는 크게 두 가지입니다. 첫 번째는 의사소통을 원활하게 하려면 뜻을 정확하게 전달해야 하기 때문입니다. 맞춤법은 우리말을 '이렇게 쓰자'라고 정한 약속이죠. 한글 맞춤법 제1장 총칙 제1항은 '표준어를 소리대로 적되, 어법에 맞도록 함을 원칙으로 한다'입니다. 가령 소리대로 적을 때 '어머니', '지우개', '어지럽다'는 그대로 어머니, 지우개, 어지럽다로 표기하죠. 하지만 어법을 틀리게 하면 '행복한'은 행보칸, '앞으로'는 아프로가 됩니다. 정확한 뜻을 전하기 힘들어 의사소통이 불편합니다.

'도령변희', '선희의 거짓말', '죽은깨', '골이타분', '곱셈추위', '일해라절해라', '괴자 번호'…. 무슨 말인지 알아들으시겠어요? 너무 극단적이었나요?

두 번째는 글쓴이의 위상을 떨어뜨리기 때문입니다. 혼자 읽는다면 상관없겠지만 글은 누군가에게 보여주려고 쓰는 경우가 대부분입니다. 제안서나 자기소개서에서 맞춤법을 틀리면 내용을 전부 보기도 전에 신뢰가 바닥으로 떨어집니다. 틀린 맞춤법 때문에 노력이 물거품이 되면 얼마나 속상하겠어요.

저는 SNS에서 요즘 유행하는 줄임말을 쓰거나 언어유희를 즐기는 정도는 큰 문제가 되지 않는다고 생각합니다. 다만 모르고 틀리는 것과 알고 틀리는 것은 다르겠지요.

강한 문장에 필요한 세 가지

강한 사람에게는 누구도 함부로 대하지 못합니다. 약점이 잘 보이지 않을뿐더러 공격했다가는 도리어 본인이 다칠 수 있으니까요. 반면 어딘지 모르게 부실해 보이는 사람은 공격의 표적이 되기 쉽습니다. 가벼운 태클에도 맥없이 쓰러져버립니다. 허약 체질, 즉 약한 글도 마찬가지입니다.

여러분도 꾸준히 훈련하면 '강한 문장'을 쓸 수 있습니다. 강한 문장에는 어떤 특징이 있을까요? 다음은 사전에서 풀이한 '강하다'의 뜻입니다.

강하다

1. 물리적인 힘이 세다.
2. 수준이나 정도가 높다.
3. 무엇에 견디는 힘이 크거나 어떤 것에 대처하는 능력이 뛰어나다.

문장이 글에서 튀어나와 날아 차기를 할 일은 없을 테니 '물리적인 힘'은 우선 제쳐두겠습니다. '수준이나 정도가 높으려면' 기본 이상은 해야 한다는 뜻이죠. 문장의 기본은 '읽힘'입니다. 즉 잘 읽혀야 합니다. 잘 읽힌다는 뜻은 글을 읽는 사람이 읽는 행위를 끝까지 포기하지 않으며 글자를 따라가는 시선의 이동과 내용 이해가 빠르다는 뜻입니다.

평생을 질병의 고통에 몸부림쳤다는 니체는 "살아야 할 이유를 아는 사람은 어떤 상황에서도 견딜 수 있다"라고 했습니다. 마찬가지로, 쓰는 이유를 제대로 알고 쓴 글은 어떠한 상황에서도 버텨낼 수 있습니다. 글은 작가가 말하고자 하는 바를 전하려고 태어났습니다. 즉 주제가 명확한 문장이 강한 문장입니다.

글이 잘 읽히고 주제가 명확해도 공감을 얻지 못하면 독자의 마음을 움직이지 못합니다. 마음을 못 움직이는데 행동을 바꾸기는 더 어렵습니다. 글이 품고 있는 영향력이 소소한 것이죠. 다시 말하면 '물리적인 힘'이 약합니다.

정리하면 '강한 문장'은 1 잘 읽히고 2 주제가 명확하며 3 공감이 가는 문장입니다. 강한 문장이 모여 강한 글이 됩니다. 강한 글은 쉽게 휘둘리지 않고 조롱받지 않으며 독자에게 선한 영향력을 행사합니다.

건강한 몸과 정신은 하루아침에 완성되지 않죠. 부단한 노력과 의지의 산물입니다. 강한 몸을 만들려면 오늘부터 당장 해로운 음식을 끊고 운동을 시작해야 합니다. 강한 정신력을 키우려면 끊임없이 공부하고 마음을 수련해야 합니다. 강한 문장을 쓰는 방법은 그보다 쉽습니다. 지금 당장 글쓰기를 시작하세요.

감히 내가 작가를?

OT 4교시

글쓰기에 애착이 있는 사람은 막연하게 언젠가 '작가'가 되기를 꿈꿉니다. 하지만 꿈이 현실이 될 수 있다는 믿음을 갖는 사람은 거의 없는 듯합니다. '작가는 타고난 재능이 있거나 특별한 사람만 될 수 있다'는 선입견부터 버려야 합니다.

> 부자가 되는 방법의 시작은 자신이 부자가 될 수 있다고 믿는 것이다. 어떤 부자를 경멸할 수는 있어도 부를 경멸해서는 안 된다. 물론 자신이 부자가 될 수 있다고 믿는다고 반드시 부자가 되는 것은 아니다. 그러나 나는 부자가 될 수 없다고 생각하는 사람은 절대 부자가 될 수 없고, 부자가 될 수 있다고 믿는 사람 중에서 부자가 나온다고 믿는다.•

가난한 이민자에서 최상위 부자가 된 스노우폭스 김승호 회장은

• 《돈의 속성》, 김승호 지음, 스노우폭스북스, 2020.

부자가 되고 싶으면 '나도 부자가 될 수 있다는 믿음'부터 가지라고 합니다. 부자를 작가로 바꿔볼까요?

> 작가가 되는 방법의 시작은 자신이 작가가 될 수 있다고 믿는 것이다. 어떤 작가를 경멸할 수는 있어도 글을 경멸해서는 안 된다. 물론 자신이 작가가 될 수 있다고 믿는다고 반드시 작가가 되는 것은 아니다. 그러나 나는 작가가 될 수 없다고 생각하는 사람은 절대 작가가 될 수 없고, 작가가 될 수 있다고 믿는 사람 중에서 작가가 나온다고 믿는다.

'감히 내가 작가를?'

작가를 너무 거창하게 생각하지 마세요. 어제 쓴 글을 오늘 고치고, 내일도 자판을 두드리는 사람이 작가라고 믿습니다. 글을 쓰기 싫은 마음이 드는 순간에도 참고 쓴다면 작가가 될 수 있습니다. 쓰다 만 글을 끝내 완성하는 사람이 작가입니다. 글쓰기 PT를 시작한 당신은 이미 작가입니다.

국어사전, 무시하지 마세요

글을 쓸 때 인터넷 창 여러 개를 바탕화면에 띄워둘 겁니다. 주제와 관련된 참고 자료, 이를테면 칼럼, 기사, 동영상 등을 수시로 찾아봐야 하니까요. 인용하려는 문구 출처가 어디인지, 통계나 연구 결과가 정확한 사실인지 검색도 해봐야 하고요. 안 그래도 복잡한 바탕화면이지만 창 하나만 더 띄워두기 바랍니다. '국어사전' 말입니다.

글은 단어로 시작해서 단어로 끝납니다. 글 쓰는 사람이라면 국어사전을 단짝으로 삼아야 해요. 학창 시절에 들고 다니던 '벽돌' 사전이 아니어도 괜찮습니다. 국립국어원 표준국어대사전도 디지털로 잘 나와 있고요. 네이버나 다음 국어사전도 좋습니다. 글쓰기 전에 국어사전 창을 띄워두고 쓰는 동안 자주 들락거리세요. 활용 방법이 무궁무진합니다.

글밥 코치가 알려주는 국어사전 활용법

① 맞춤법이 헷갈릴 때

글을 쓰다 보면 맞춤법이 헷갈릴 때가 있어요. 일단은 흐름을 놓치면 안 되니 생각나는 대로 쭉 쓰세요. 초고를 끝낸 후 고쳐 쓸 때 맞춤법을 꼼꼼히 확인해야겠죠? 이때 국어사전이 등장합니다. 예를 들어 '우연이'인지 '우연히'인지 헷갈려요. 국어사전에 '우연'까지만 쳐도 '우연히'라는 단어가 자동 완성으로 뜹니다. 물론 포털 사이트에서 검색해도 되지만 배너 광고를 클릭하는 순간 소중한 시간이 순식간에 날아가버립니다. 국어사전에서 검색하면 긴 글을 읽어보는 수고를 덜고 딴 길로 샐 위험을 막을 수 있습니다.

② 적확한 단어를 찾고 싶을 때

가령 '적확하다'라는 단어를 쓰려고 하는데 왠지 자신이 없어요. '이 상황에 더 적합한 단어가 따로 있지 않을까' 하는 의문이 드는 거죠. 그럴 때는 국어사전에 단어를 쳐봅니다. 표준국어대사전에서는 '적확하다'를 '정확하게 맞아 조금도 틀리지 아니하다'라고 풀이합니다. 유의어로 '분명하다', '영락없다', '틀림없다'가 함께 뜹니다. 자신이 애초에 의도한 뜻과 가장 잘 들어맞는 단어를 손쉽게 찾을 수 있죠. 원하는 단어가 안 나왔다고요? 그럼 각각의 유의어(비슷한 말)도 클릭해서 또 들어가봅니다. 꼬리 물기 하듯 유의어의 유의어, 그 유의어의 유의어를 계속 따라가보세요. 《쓰기의 말들》에서 은유 작가는 '공사 현장에서 떨어뜨린 나사를 찾듯 막막하지만 반드시 있다는 심정으로 글의 문맥을 꽉 조여주는 최적의 단어를 찾아 헤맨다'라고 했습니다. 맞아요, 찾다 보면 반드시 나옵니다. 쉽게 물러나지 마세요.

③ 글 한 편에 같은 단어가 많을 때

편리해서 습관적으로 쓰는 단어가 있습니다. 예를 들어 1,000자 분량 글 한 편에 '불편하다'라는 표현이 네댓 번 나왔다고 칩시다. '마음이 불편했다', '이상하게 불편했다', '불편한 얼굴이었다' 같은 문장을 쓴 거죠. 불편한 건 충분히 알겠는데, 글이 단조롭고 게으르다는 인상을 줍니다. 부지런해지자고요. 국어사전에 '불편하다'를 검색해보는 거예요. 유의어로 '거북하다', '부자유스럽다', '편찮다'가 나옵니다. 그러면 '거북하다'를 눌러보세요. 유의어로 '난처하다', '곤란하다', '멋쩍다', '언짢다' 등이 나옵니다. 단어 부자가 됐네요! 이제 바꿔주기만 하면 됩니다. '마음이 불편했다', '이상하게 편찮았다', '언짢은 얼굴이었다'.

④ 직관적인 표현이 필요할 때

구구절절한 설명보다 직관적인 표현 한마디가 마음을 사로잡기도 합니다. 속담이나 관용구도 제대로만 쓰면 글맛을 살리는 데 보탬이 됩니다. 국어사전에 '하늘'을 검색하면 속담과 관용구가 예시로 나옵니다. '하늘이 노랗다', '하늘 높은 줄 모르다'같이 상투적인 표현도 있지만, '하늘을 지붕 삼다(정처 없이 떠돌아다니다)', '하늘 아래 첫 고개(아주 높은 고개를 비유)', '하늘도 한 귀퉁이부터 갠다(시간이 지나면 점점 풀린다)'처럼 근사하고 재미있는 표현도 나옵니다. 이를 응용해 나만의 표현으로 바꾸어보세요.

⑤ 모르는 단어가 나올 때

국어사전은 글 쓸 때뿐 아니라 평소에 가까이하세요. 책이나 기사를 읽을 때 뜻이 어렵거나 애매한 단어를 발견하면 그냥 넘어가지 말고 바로 국어사전을 찾아보는 거죠. 습관이 되면 간판, 전단, 제품 사용 설명서 등 일상에서 마주치는 수많은 활자 모두 공부 거리가 됩니다. 아는 단어가 많아질수록 풍족한 글을 쓰기 마련입니다.

저는 스마트폰 홈 화면에서 SNS 앱을 지우고 국어사전 앱을 깔았습니다. 국어사전과 친하게 지내려고요. '다음 사전' 앱을 애용하는데, 내가 검색해본 단어를 품사별 단어장으로 관리할 수 있어 편리합니다. 뜻이 어려운 단어는 영어 단어 외우듯 자꾸 봐야 익숙해지지 저절로 내 것이 되지 않습니다.

어린 시절, 글자를 배울 때나 찾아보던 국어사전. 글쓰기에 이토록 유용할 줄 몰랐죠? 부족한 어휘력을 한탄만 하지 말고 도구를 쓰세요. 자꾸 찾아보고 활용하다 보면 내 머릿속으로 도구가 걸어 들어옵니다. 국어사전만 잘 다루어도 글 좀 쓰는 사람이 될 수 있습니다. 간단하지만 확실한 방법이니 꼭 실천하세요.

2장

기초 체력 다지기

집 안에 카페를 차리세요

'글쓰기 신체 나이' 결과에 충격받았다고요? 너무 실망하지 마세요. 오늘부터 하루 15분만 글쓰기에 투자하세요. 21일 글쓰기 PT를 끝까지 해내면 당신도 '강한 문장'을 쓰는 건장한 성인으로 다시 태어날 거예요.

목표는 높이 잡을수록 좋다는 말에 동의하지만, 그 목표를 잘게 쪼개지 않으면 허황된 꿈으로 남기 쉽습니다. 단 한 번에 끝판왕을 깰 수 있나요. 레벨 1, 레벨 2, 차근차근 단계를 밟아가야죠. 우리는 21일 동안 하루에 한 판씩 깨면서 레벨 21을 향해 나아갑니다. 어때요, 해볼 만하죠?

오늘은 첫날이니 글쓰기 환경부터 만들어볼 거예요. 글을 쓰고 싶은 마음이 저절로 생기는 나만의 '작업실'을 꾸미는 겁니다. 마음먹고 책상 앞에 앉는 것이 글쓰기 전체 과정에서 가장 힘든 일이라잖아요. 일단 앉으면 반은 성공입니다. 하지만 보통 다음과 같은 수순을 밟죠.

오늘부터는 진짜 글쓰기를 시작하겠어! → (책상 위 어지러운 잡동사니) → 책상부터 정리해야지 → 어? 이 옷이 여기 있었네 → (빨래 돌리기) → (돌아와 책상 정리) → (서랍 속 스티커 사진 발견하고 추억 삼매경) → 조금 출출한데 → (라면 끓이기) → (침대의 치명적인 유혹) → 잠깐만 누워야지 → (스마트폰을 켠다) → 게임오버

희한하게도 내 방 책상은 아무리 정리해도 치워야 할 물건이 계속 나옵니다. 의자는 옷걸이로 용도가 바뀐 지 오래고요. 아이를 키우는 집이라면 이미 장난감 방이 됐겠죠. 그래서 가장 만만한 곳이 카페입니다. 정신을 흩뜨릴 내 물건이 보이지 않는 공간, 잔잔한 음악과 카페인의 힘을 빌려 글쓰기에 집중하기 안성맞춤이죠. 많은 작가가 카페를 사랑하는 이유입니다. 집 근처에 단골 카페가 있다면 그곳이 최고의 작업실일 겁니다. 그렇지 않다면 언제든 글쓰기 모드로 들어갈 수 있는 나만의 작업실을 '집 안'에 꾸리길 추천합니다. 커피 값도 만만치 않잖아요?

글 쓰고 싶은 작업 환경을 만들려면?

1 아무도 방해하지 못하는 시간을 확보하라

버지니아 울프는 《자기만의 방》에서 글을 쓰기 위해서는 돈과 물리적인 공간이 필요하다고 했습니다. 여기서 돈은 시간과 여유와도

같은 의미겠죠. 하지만 나만의 시간과 공간을 갖기란 생각보다 쉽지 않은 일이에요. 밤낮으로 회사 일에 치이거나 집에 있어도 가사와 육아에 시달리죠. 둘 다라면 상황은 처참합니다.

15분이면 어떨까요? 넉넉한 시간을 확보하면 좋겠지만 우선 '시작'이라도 하는 게 중요합니다. 그런 면에서 15분은 아주 짧지도, 그렇다고 길지도 않아 노려볼 만하죠. 눈을 뜨는 순간부터 잠들기 직전까지 당신의 하루를 톺아보세요. 분명 틈새 시간이 있을 거예요.

2 글 쓰는 공간에서는 오직 글만 써라

어떤 일에 몰입하고 싶다면 '한 공간에서는 한 가지 일만 하기'를 꼭 기억하세요. 침실에서는 TV나 책을 보지 말고 잠만 주무세요. 작업실에서는 글만 쓰고요. 그렇게 내 몸이 익숙해지도록 세팅해놓으면 그 장소에 들어가는 순간 '숙면 모드', '글쓰기 모드'로 빠르게 전환됩니다. 비몽사몽 하다가도 회사 엘리베이터에서 내리는 순간 직장인 모드로 바뀌듯 말입니다.

여러분 방에 책상이 있어도 드레스 룸이나 다용도실로 쓸 확률이 높을 겁니다. 글을 제대로 써보겠다고 마음먹었으면 방을 한번 뒤집어야 합니다. 글이 술술 풀리는 카페처럼 방을 꾸며보자고요.

고를 수 있다면 창문이 크고 볕이 잘 들어오는 방을 택하세요. 현대인은 주로 실내 생활을 하다 보니 여러모로 빛 보기가 힘들죠. 책상 앞에 앉아 있는 시간이라도 볕을 받으면 좋다고 해요. 햇볕은 수면 호르몬인 멜라토닌 분비를 돕는다고 하죠. 밤에 숙면을 취해야 낮에 생산성도 오르고 글이 더 잘 나옵니다. 집 안에 화분 한두 개는 키우죠? 책상 앞으로 가져다 놓으세요. 사무실 주변에 식물을 두면 뇌가 편안해져 주의를 집중하는 데 도움을 준다는 연구 결과도 있습니다. 여유가 되면 카페에서 볼 법한 예쁜 의자도 하나 장만하세요. 자꾸만 의자에 앉고 싶어집니다. 일단 앉아야 시작이니까요.

작업실을 따로 꾸리기 어려운 형편이라도 방법은 있습니다. 스티븐 킹도 유명해지기 전에는 일하던 세탁소 한구석에 아동용 책상을 놓고 글을 썼다고 하잖아요. 거실 한쪽에 아담한 '글쓰기 전용 테이블'을 놓거나, 그도 어렵다면 주방 식탁 의자 중 하나를 '글쓰기 전용 의자'라 이름 붙이세요. 그 의자에는 밥 먹을 때 말고 글 쓸 때만 앉자고요(집중을 방해하는 싱크대는 등지는 게 좋겠죠?). 당신이 '매일 15분' 동안 앉을 공간이면 충분합니다.

3 손가락을 춤추게 하는 글쓰기 전용 BGM을 찾아라

재즈 마니아로 알려진 무라카미 하루키는 문장을 써 내려갈 때도 리듬을 탄다고 고백합니다. 음악을 글쓰기 트리거로 활용해보세요. 한 연구 결과•에 따르면 음악이 학습 능력이나 집중력을 높이는 효과가 있다고 합니다.

• 임상심리학자 에마 그레이Emma Gray와 음악 스트리밍 서비스 스포티파이Spotify의 공동 연구(2013).

제게도 '글쓰기 전용 BGM'이 있습니다. 노트북을 켜면 가장 먼저 유튜브 스트리밍 음악 채널에 들어가 음악부터 틀죠. LP판으로 듣는 듯 잡음이 섞여 아날로그한 멋을 지닌 로파이Lo-fi는 단골 음악 장르입니다. 여러 장르를 들어보며 당신에게 가장 잘 맞는 글쓰기 전용 음악을 찾아보세요. 음악을 켜는 순간 채찍을 든 뇌가 '딴짓 그만하고 어서 글을 쓰란 말이야!' 하고 명령을 내릴 겁니다. 단, 글쓰기 전용 음악은 평소에는 듣지 마세요. 글 쓸 때만 들어야 효과가 더 크거든요.

15분 PT

1 집 안에서 글쓰기에만 집중할 수 있는 작업실을 꾸민다. (10분)

- 글 쓰고 싶은 작업 환경 만들기 2번 참고
  - 책상과 컴퓨터를 뺀 모든 잡동사니를 치운다.
  - 화분이 있으면 컴퓨터 주변에 놓아도 좋다.
  - 방을 따로 정하기 어려우면 글쓰기 지정 의자를 만들자.

2 글쓰기 전용 음악 플레이리스트를 만들어 즐겨찾기 해둔다. (5분)

- 글밥 코치가 추천하는 음악 유튜브 채널
  - ChilledCow(로파이, 구독자 약 770만 명)
  - Cafe Music BGM channel(재즈, 구독자 약 285만 명)
  - HALIDONMUSIC(클래식, 구독자 약 250만 명)

필사적으로 필사해봅시다

마음도 단단히 먹고 작업실까지 꾸렸겠다, 이제 슬슬 손 좀 풀어볼까요?

글은 쓰면 쓸수록 는다고 하죠. 맞는 말입니다. 쓰지도 않고 실력이 늘길 바라는 사람은 없을 거예요. 확실히 글은 자주, 많이, 오래 쓰면 점점 발전합니다. 쓰는 속도가 빨라지고 여유가 생기죠. 하지만 한계가 있어요. 자신만의 성안에 갇혀 있다 보니 어느 순간 고만고만해지는 겁니다. 내 글에 익숙하고 새로운 자극이 없으니까요.

이럴 때는 남의 글을 베껴 쓰는 필사가 도움이 됩니다. 허은실 시인은 필사를 '작가의 몸이 되어보는 일'이라고 했습니다. '내 손을 거쳐 내 속으로 들어와서 글자들은 내 피 속을 떠다니다 나를 이루는 성분'이 된다고요. 필사한 문장은 천천히 스며들어 흔적을 남깁니다. 누구도 '완벽하게' 독창적일 수는 없습니다. 책을 읽고 음미하고 옮겨 쓰면서 모방하고 변형하고 내 것으로 소화합니다.

저는 2년째 매일 필사를 하고 있습니다. 피치 못할 사정이 있을 때 외에는 잠자리에 들기 전에 오늘 읽은 책에서 문장을 선정해 필사합니다. 많으면 한 장, 적을 땐 두세 줄이라도 정성 들여 씁니다. 처음에는 악필인 글씨체를 교정할 겸 재미로 시작했는데, 글쓰기에 여러모로 도움이 됐습니다.

필사를 하면 글쓰기에 왜 도움이 될까?

1 표현하는 영역이 넓어진다

저는 10년 넘게 방송 일을 하면서 구어체와 쉬운 단어로 이루어진 '말글'에 익숙해졌습니다. 덕분에 문장은 간결했지만 진부한 표현을 쓰는 나쁜 습관이 생겼습니다. 필사를 하면서 그 습관을 많이 고쳤습니다. 남의 글을 베껴 쓰면서 늘 쓰던 단어와 문장 구조 범위를 벗어났기 때문입니다.

책을 읽다 작가의 필력에 감탄이 절로 나올 때가 있죠. '우아, 어떻게 이런 표현을!' 하고 넘어가지 말고 따라 써보세요. 펜으로 꾹꾹 눌러쓰며 문장을 곱씹다 보면 자연스레 새로운 단어나 문장 구조가 머릿속에 각인됩니다.

다음은 제가 필사했던 문장입니다. 함께 읽어볼까요? 직접 베껴 써봐도 좋습니다.

조디는 카야의 부엌에 대롱대롱 매달린 외로운 삶을 보았다. 채소 바구니 속 소량의 양파들, 접시꽂이에서 마르고 있는 접시 하나, 늙은

미망인처럼 행주에 곱게 싸둔 콘 브레드에 고독이 걸려 있었다.•

그동안 '외롭다'는 표현을 할 때 '쓸쓸했다', '세상에 혼자 남겨진 것 같았다'라고 썼다면, 이처럼 사물을 통해 표현하는 방법을 새롭게 터득하는 거죠.

오랜 시간을 함께한 친구와 점점 닮아가듯, 글도 마찬가지입니다. 닮고 싶은 작가의 글을 모방해서 자꾸 써보세요. 문장의 리듬을 손끝을 통해 체화하세요. 필사 노트에 낯선 단어와 표현 방식을 채집하고 달아나지 않도록 꼭 붙잡아두세요. 종류별로 최신 장비를 보유한 수리공처럼 마음이 든든해집니다.

2 독서량이 늘어난다

생각지 못한 소득이죠? 모든 작가가 말하는 이견 없는 글 잘 쓰는 비법, '많이 읽고 많이 써라'. 들어오는 게 없는데 나오는 게 있을 리 가요.

그런데 글 쓰는 습관을 들이는 일이 어려운 것처럼 책도 꾸준히 읽기가 쉽지 않아요. 글을 잘 쓰려면 책을 많이 읽어야 한다는 사실은 누구나 알지만 힘 안 들이고 즉각적인 쾌락을 주는 넷플릭스나 유튜브가 더 끌리는 걸 어떡합니까. '매일 필사'를 하면 상황이 달라

• 《가재가 노래하는 곳》, 델리아 오언스 지음, 김선형 옮김, 살림출판사, 2019.

집니다. 어쩔 도리 없이 책을 읽게 되죠. 필사할 문장을 책에서 골라내야 하니까요. 산증인이 있습니다. 저의 옆 지기는 만화책조차 펼쳐보지 않는, 그야말로 책과는 담을 쌓은 사람이었는데, 저와 함께 필사를 시작하면서 한 달에 한 권 이상 책 읽는 사람으로 바뀌었습니다. 더 좋은 문장을 발견하고자 하는 집착은 책을 자석처럼 끌어당기게 마련입니다.

3 글쓰기 재료가 생긴다

책을 읽다가 마음을 훔치는 구절을 필사해두면 글쓰기 재료가 됩니다. 늘 글감이 없다며 고민하는데, 필사 노트만 쭉 훑어봐도 쓸거리가 넘쳐납니다. 마치 치킨 쿠폰 모으듯 글감을 적립해놓는 겁니다. 글감이 잘 숙성되면 꺼내서 쓰기만 하면 됩니다. 내 의견에 힘을 실어줄 인용구로 활용할 수도 있고요. 책을 읽으며 필사도 하고, 글감 고민하는 시간도 아끼고. 치킨을 시켰더니 치즈 볼이 따라오는 셈이네요.

4 다양한 관점을 나눈다

필사에서 한 단계 더 나아가는 방법! 제가 필사를 질리지 않고 오래 지속해온 비결을 알려드릴게요. 필사를 함께 할 사람을 모아 '필사 단톡방'을 만드는 겁니다. 각자 원하는 책을 읽고 필사 노트에 필사한 후 짧은 소감을 곁들여 적습니다. 그리고 내용을 스마트폰으로 찍어 자정이 넘어가기 전 단톡방에 인증하는 거죠.

혼자서 하면 오늘은 피곤해서, 회식을 해서, 우울해서 등 갖가지 핑곗거리가 따라붙습니다. '하루만 쉴까'가 두 번 연속되면 아예 놓아버리기 십상이지요. 함께 하면 다릅니다. 책임감이 생기고 빼먹으면 찜찜하기까지 해요.

다른 사람들은 어떤 책을 필사하고 무엇을 느꼈는지 읽어보는 재미도 쏠쏠합니다. 필사 톡방에 다섯 명이 있으면 하루에 다섯 가지 좋은 글과 관점을 챙기는 셈입니다. 편협한 관점으로 쓴 글은 비논리적이고 때론 위험하기도 하죠. 프리즘처럼 다각도로 세상을 봐야 뻔하고 못난 글을 피할 수 있습니다.

글밥 코치는 이렇게 필사합니다!

보통 필사라고 하면 책 한 권을 통째로 베껴 쓰는 것을 떠올리는데, 정해진 원칙은 없습니다. 저는 문학, 자기 계발서, 글쓰기 책 등 여러 가지 책을 집 곳곳에 두고 손에 잡히는 대로 읽다가 마음에 들어오는 문장을 만나면 밑줄을 긋거나 인덱스 탭으로 표시해둡니다. 그날 밤 그중에서 골라 필사하는 거죠. 왜 이 문장이 마음에 들었는지, 간단한 소견을 덧붙이고 SNS에도 올립니다. 저는 필사 전용 인스타그램 계정을 따로 만들었어요. '좋아요'를 많이 받거나 댓글이 달리면 필사가 더욱 즐거워진다는 사실!

15분 PT

1 나만의 필사 노트, 필기구를 준비한다. (1분)

필사 노트는 예쁘고 종이 질이 좋은 것으로 택하세요. 꾸준히 하려면 필기감도 무시할 수 없습니다. 필사를 떠올렸을 때 가슴이 설레야 해요. 연필, 볼펜, 만년필 등 다양한 필기구로 써보고 당신에게 가장 잘 맞는 걸 찾아보세요. 당신의 의지력을 믿지 마세요. 할 수밖에 없는 시스템을 만드세요. 자꾸만 쓰고 싶게 주변을 가꾸세요.

2 닮고 싶은 작가의 책을 읽다가 마음에 드는 문장이나 문단을 발견하면 필사한다. (10분)

- 첫 필사 책 추천
  - **어휘의 보물 창고** 김훈《자전거 여행》
  - **국내외 유명 작가의 명문장을 모은 필사 책** 장석주《이토록 멋진 문장이라면》
  - **SNS에 올리기 좋은 재치 넘치는 문구** 정철《사람사전》
- 글이 짧은 시집부터 시작해도 좋다.

3 SNS 계정에도 올려보자. (2분)

해시태그(#)는 #필사 #작가이름 #책제목 #출판사 #좋은글귀 #오늘의문장 등이 무난하다.

4 인기 필사 계정(#필사스타그램)을 팔로하고 아름다운 문장을 수집해보자. (2분)

글감은 평소에 모아두세요

글을 쓰려고 의자에 앉았습니다. 자, 이제부터 머릿속에 생각 구슬이 바쁘게 굴러다니기 시작하죠. 그렇지만 무슨 글을 써야 할지 감이 오지 않습니다. 일상에 널린 게 글감이라고 하는데, 막상 내 일상은 매일 똑같고 평범하기 그지없습니다. 원래 그래요. 글 재료인 '글감'은 누구에게나 평등하게 평범합니다. '글'이 특별한 거죠. 그렇다면 평범한 글감을 특별한 글로 만드는 비결은 무엇일까요? '오직 나만이 할 수 있는 이야기'를 쓰는 겁니다.

글감을 출처대로 분류하면 내가 어떤 이야기를 하고 싶은지 더 명료하게 보일 거예요.

글감 주머니

1 일상 속 무궁무진한 글감

글감을 찾는 가장 쉬운 방법은 일상을 관찰하는 거죠. 글쓰기 책의 고전《뼛속까지 내려가서 써라》를 쓴 나탈리 골드버그 역시 글쓰기 소재가 고민되면 '내 가족 이야기'부터 쓰라고 권합니다. 내가 가장 잘 아는 사람이며 누구도 틀렸다고 반박하지 못한다고요. '가족'이라고 하면 진부한 글감처럼 보이지만 '내 가족'은 다릅니다. 각 가정에는 남들은 모르는 역사와 사정이 숨어 있고, 그것은 오직 가족 구성원만이 밖으로 풀어놓을 수 있는 이야기니까요.

매일 출퇴근하고 하루 중 대부분을 보내는 직장 이야기만큼 쓰기 쉬운 소재도 없습니다. 나한테는 익숙하다 못해 '이까짓 게 이야깃거리가 될까' 싶을지 몰라도 남들 눈에는 신선합니다. 누구나 자신이 경험해보지 못한 직업 세계를 궁금해합니다. 직업을 바꾸는 것은 쉽지 않은 일이기 때문에 간접적으로나마 경험해보길 원하는 것이죠. 나는 쓰기 쉬운데, 남들은 읽고 싶어 하니 괜찮은 글감 아닌가요?

취미는 글감으로 어떨까요. 생각만 해도 즐겁다고요? 내가 자주 하는 일, 빠져 있는 일이 바로 글감이에요.

얼굴이 빨개질 만큼 부끄러운 흑역사도 글감입니다. 과거에 저질렀던 실수나 과오, 민망했던 경험 말이에요. 누가 볼까 봐 꽁꽁 진공포장까지 해둔 기억을 굳이 되새김질하면서 백지에 퍼부어보는 겁니다. 우선 마음이 후련하고 가벼워져요. 쓰다 보면 작은 교훈이랄까, 분명 깨닫는 지점이 생기는데, 그것이 바로 글의 주제가 됩니다.

무엇보다 흑역사를 소재로 글을 쓰면 독자가 좋아합니다. '나만 그런 게 아니구나' 안도하면서 작가와 가까워진 듯한 기분이 들거든요.

잔잔한 일상에서 스포이트로 빨아들이듯 글감을 추출해보세요.

2 굶주린 사자처럼 여행하기

철학자 비트겐슈타인은 '내 언어의 한계가 세계의 한계'라는 유명한 말을 남겼죠. 저는 반대로 나의 세계를 넓혀야 내가 사용하는 언어의 울타리도 넓어진다고 봅니다. 여행을 가거나 새로운 도전을 할 때가 글감 사냥하기 딱 좋은 순간입니다. 인간은 생존 본능 때문에 낯선 곳에 가면 촉수가 예민해집니다. 출발하는 순간부터 마주치는 생경한 경험이 모두 글감이 되죠. 코로나19 사태가 가라앉으면 몇 날 며칠 굶주린 사자처럼 여행을 해보세요.

이때 메모는 필수예요. 책상 앞에 앉았을 때 비로소 글감을 찾는 사람과 글감 주머니가 불룩하게 차서 31가지 맛 아이스크림 고르듯 행복한 고민을 하는 사람은 시작부터 다릅니다. 글감을 너무 오래 고민하면 본격적으로 글을 쓸 때 치고 나갈 힘이 달리기도 합니다. 그러니 평소에 기록하고 모아두세요. 빠르게 휘갈길 수첩도 좋고, 스마트폰이 있잖아요. 스마트폰이야말로 365일 24시간, 내 신체 일부처럼 딱 붙어 있으니 메모 도구로 적격입니다.(잃어버리지 않게 주의, 또 주의. 주기적인 백업은 필수!)

저 역시 여행을 갈 때는 배고픈 사자로 변신합니다. 유럽 여행을 갔을 때 주요 도시를 돌면서 보고 느낀 단상을 모두 스마트폰 메모 앱에 기록했어요. 여행기를 쓰기 위해서죠. 메모를 열어보면 '이런 일이 있었다고?' 하고 깜짝 놀라기도 합니다. 그만큼 인간의 기억력은 취약해요.

역동적인 장면은 촬영하기도 합니다. 특히 그곳에서만 보고 들을 수 있는 소리는 꼭 담아 오죠. 사진보다 영상이 좋은 이유는 소리 때문이에요. 냄새나 감촉은 가져오지 못해도 소리는 그럴 수 있잖아요. 플라멩코 무용수가 발로 격렬하게 바닥을 구르는 소리, 알람브라 궁전 중정의 맑은 분수 소리가 그날 그 시간으로 나를 데려다놓습니다.

3 드라마가 도움이 될 줄이야

흔히 어떤 취미에 푹 빠져서 몰두하는 사람을 '덕후'라고 부르죠. '덕질' 잘하는 사람은 글감 마를 날이 없습니다. 드라마, 영화, 책 내용을 리뷰할 때 여러분의 경험을 더해서 써보세요. 명대사, 공감이 가는 장면, 반대로 공감하지 못한 부분과 그 이유, 깨달음까지 모두 글감이 되겠죠. 드라마나 책을 보면서 떠오르는 상념은 그때그때 메모하세요. 뒤돌아서면 잊어버리기 쉬우니까요.

틈틈이 글감을 수집하고 보관하는 Tip

갑자기 아이디어가 떠오르면?

스마트폰 메모장, 구글킵, 카카오톡 '나와의 채팅창'에 기록. 주기적인 업데이트는 필수!

체계적으로 보관해서 다시 찾기도 쉽게(페이지, 태그 기능) 하려면?

에버노트, 워크플로위, 노션 등 생산성 앱에 정리.

SNS에서 좋은 글감을 발견하면?

인스타그램 컬렉션 기능 이용. 피드에서 보관하고 싶은 사진이나 동영상, 글귀 등을 발견하면 책갈피 모양 컬렉션을 눌러 저장.

인터넷 서핑 중 유용한 기사나 포스트를 발견하면?

공유 버튼을 눌러 네이버킵, 네이버메모에 저장. 원하는 문장만 드래그해서 내 계정에 보관하는 것도 가능.

15분 PT

1 오늘 하루를 돌아보며 글감 세 가지를 떠올려보자. (6분)

예) 상사가 사적인 심부름을 시켜서 기분이 상함 → 업무 범위는 어디까지인가

카페에서 커피를 쏟았는데 알바생이 새로 만들어줌 → 뭘 해도 잘되는 집의 비결

다이어트 4일 차에 또 실패 → 작심삼일을 극복하려면

2 일주일 동안 겪은 일을 떠올려 글감 주머니에 나눠 담아보자. (9분)

예)

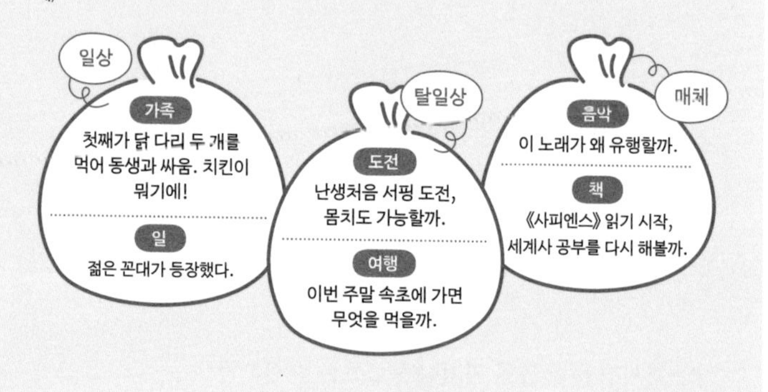

첫 문장은 처음에 쓰지 마세요

첫 문장이 나오지 않아서 변비에 걸린 사람처럼 끙끙거려본 적이 있나요. '처음'이라는 단어가 들어가면 대체로 그렇습니다. 첫사랑, 첫 면접, 첫 운전이 수월한 사람은 없을 거예요. 도대체 어떻게 시작해야 할지, 화면 속 깜박이는 커서를 노려보고 있노라면 머릿속은 점점 더 하얘지고요.

첫 문장은 왜 어려울까요? 아마도 본능적으로 그 중요성을 알기 때문일 거예요. 첫 문장은 글 전체적인 분위기나 주제를 환기하는 역할을 합니다. 다음 문장을 읽을지 말지 결정하는 시험대이기도 하고요. 모든 문장은 질긴 냉면 면발처럼 끊어지지 않고 계속 읽도록 끊임없이 유혹해야 하는데, 첫 문장에서 시선을 끌지 못하면 기회조차 얻지 못하니까요.

그렇다고 어깨에 힘을 잔뜩 주면 더 안 써집니다. 방법은 생각보다 간단한데, 첫 문장을 '처음에' 쓰지 않는 것입니다. 말장난 같지만 사실이 그래요. 하나도 안 멋지고, 매력적이지 않아도 되니까 일단 머릿속에 있는 생각을 바깥으로 끄집어내야 합니다. 괜히 초고가 아니에요. 다 쓰고 나서 순서는 언제든지 바꾸면 됩니다. 처음에 쓴 문장이 꼭 첫 문장이 되라는 법이 없어요.

저는 글을 쓸 때 첫 문장을 3분 이상 고민하지 않습니다. 일단 무슨 말이든 몸 밖으로 내뱉어요. 한참 백지 위를 달리다 보면 갑자기 첫 문장에 적합한 문장이 돌부리처럼 발끝에 걸리기도 하고, 고쳐 쓸 때 쭉 훑어보면서 한 문장을 뽑아내기도 합니다.

특별한 공식은 없습니다. 다만 발견할 뿐이죠. 힌트라도 달라고요? 많은 글에서 두루 쓰이는 '첫 문장으로 유혹하는 방법'을 몇 가지 소개해보겠습니다. 첫 문장 쓰기가 너무 두렵거나 부담이 될 때는 이렇게라도 물꼬를 트세요.

첫 문장, 이렇게도 써보자

1 질문을 던진다

> 연애는 많이 하면 할수록 좋을까? 20대 초반, 첫사랑과 이별하고 슬픔 속에서 허우적거릴 때 나는 이런 생각을 했다. '이별의 고통을 한 번도 겪지 않고 결혼에 골인하는 사람들은 얼마나 좋을까.'
>
> **'연애의 의미'**

2 경험이나 사례를 소개한다

> 직장 동료들과 이런저런 이야기를 나누던 중 누군가 나에게 행복하냐고

물었다. 나는 싱글벙글 웃으며 "응, 난 지금 행복해"라고 말했는데, 모두 눈을 동그랗게 뜨고 놀라더라.

'행복이란'

3 충격적인 말로 호기심을 끈다

내 성격이 얼마나 내성적이냐 하면 대중 앞에서 발표한 후 구토를 한 적이 있을 정도다.

'내향적인 성격의 장점'

4 유명한 말로 집중시킨다

명언·명제 흔히 '사랑은 타이밍'이라고 한다. 과연 사랑만 그럴까?

영화 "너는 계획이 다 있구나"라고 〈기생충〉에서 기택이 아들에게 한 말은 역설을 담고 있다.

노래 '점점 더 멀어져간다. 머물러 있는 청춘인 줄 알았는데.' 김광석의 '서른 즈음에'를 요즘 30대는 공감하지 못할 것이다.

'때의 중요성'

5 공감 가는 말로 눈길을 끈다

우리는 스스로 어쩌지 못하는 일에 막연한 걱정과 두려움을 안고 산다. 가령 '내일 중요한 야외 행사가 잡혔는데 비가 오면 어쩌지?', '이사를 갔는데 집값이 떨어지면 어쩌지?' 같은 걱정 말이다.

'우리가 불안한 이유'

> 요즘은 현금 들고 다니는 사람이 별로 없다. 오히려 현금을 받지 않는 매장도 늘었다. 편의점에서 1,000원짜리 물건을 살 때 카드를 내밀어도 전보단 덜 민망한 분위기다.
> **'어리석은 소비를 하는 이유'**

6 대화로 현장감 있게

> "가서 보니까 어때?", "착잡하지 뭐." 동생네 가게 개업식에 다녀온 엄마가 한숨을 푹 내쉬었다.
> **'엄마는 못 말려'**

그 외에도 인용구로, 상황 묘사로 시작하는 방법 등 글을 쓰는 목적에 따라 여러 가지가 있습니다. 외우지 않아도 됩니다. 몇 번 쓰다 보면 몸에 익어 저절로 튀어나올 테니까요. 오늘 미션을 해보면 바로 감이 올 거예요.

15분 PT

1 '글쓰기는 어렵다'를 주제로 다양한 첫 문장을 써보자. 오래 고민하지 말고 머릿속에 가장 먼저 떠오르는 생각을 바로 써 내려가자. (각 2분 30초)

- 질문으로 시작 예) 글쓰기가 어려운 이유는 무엇일까?
- 경험이나 사례로 시작 예) 첫 직장에서 보고서를 썼을 때의 일이다.
- 충격적인 말로 시작 예) 게임보다 재미있는 게 글쓰기다.
- 유명한 말로 시작 예) '글은 엉덩이에서 나온다'라는 말이 있다.
- 공감 가는 말로 시작 예) 오늘도 빈 커서만 깜박거리는 화면을 보며 첫 문장을 고민한다.
- 대화체로 시작 예) "얼마나 됐어?" 팀장님의 짜증 섞인 목소리에 타이핑하는 내 손가락이 빨라졌다.

닭꼬치처럼 목차를 만들어요

교양이나 예능 프로그램을 만드는 방송 작가를 흔히 '구성 작가'라고 부릅니다. 섭외, 취재, 원고 작성 등 수많은 업무를 담당하지만 구성에 가장 큰 힘을 쏟기 때문 아닐까요? 글쓰기에서 구성은 글의 전개를 유기적이고 최상으로 배열하는 일을 뜻합니다. 똑같은 음식이라도 담는 그릇에 따라 맛과 품격이 다르게 느껴지듯, 구성에 따라 글의 흡인력이 달라집니다.

구성의 개념이 좀 더 잘 와 닿도록 TV 프로그램을 예로 들어볼까요? 〈놀면 뭐하니?〉에서 유재석이 드라마 작가에 도전하는 과정을 담는다고 해봅시다. 다음 중 어떤 장면이 처음에 나오면 적당할까요?

#1 김태호 PD에게 미션을 듣고 펄쩍 뛰는 유재석

#2 인기 드라마 작가를 직접 찾아 나선 유재석

#3 드라마 대본을 연구하는 유재석

#4 배우 섭외 전화를 돌리는 유재석

구성에 정답은 없습니다. 다만 어떤 장면을 먼저 배치해야 채널이 돌아가지 않을지, 어떤 순서로 흘러가야 내용이 매끄러울지 짐작해보는 것이지요. TV 프로그램 구성 작가는 이처럼 방송 주제가 정해졌을 때 자료 조사와 취재를 통해 상황을 예측하고, 그 앞뒤 순서를 정하는 일을 합니다. 프로그램 한 편이 탄생하려면 꼭 필요한 수순이죠.

책 한 권이 세상 밖으로 나오는 일도 이와 비슷합니다. 이해하기 쉽게 음식에 비유해볼까요? 닭고기, 파, 버섯 등 닭꼬치를 이루는 재료 하나하나가 글이라면, 꼬챙이는 책의 콘셉트입니다. 꼬챙이에 재료를 하나씩 꿰는 작업이 목차를 꾸리는 일, 바로 구성입니다. 어떤 순서로 꽂아야 더 먹음직스러워 보일까요?

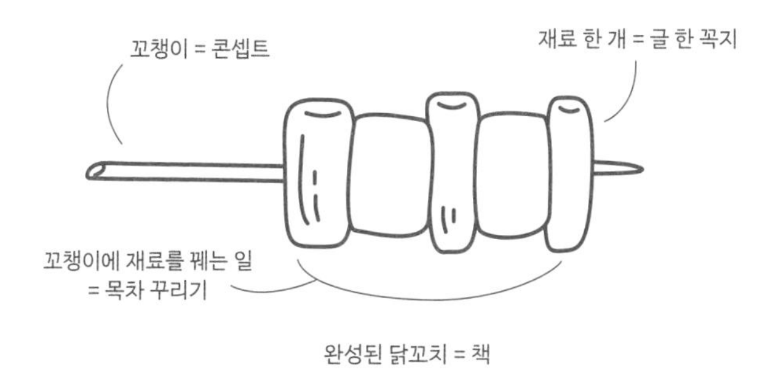

멀리 돌아왔네요. 오늘 글쓰기 훈련 내용은 '목차 꾸리기'입니다. '글 한 편도 겨우 쓰는데 책을 쓰라고?' 하는 생각이 들었다면 흥분을 가라앉히세요. 책을 내지 않더라도 목차를 내 손으로 직접 꾸려보는 일은 글쓰기에 도움이 됩니다. 목차를 짜면서 큰 그림을 보고 구성을 연구하기 때문이죠. 물론 책이 아닌 글 한 편 한 편에도 구성이 필요한 건 마찬가지고요.

목차 꾸리기는 글쓰기에 왜 도움이 될까?

1 체계적으로 사고하는 훈련

특정 소재로 글을 쓰려고 합니다. 가장 먼저 무슨 일을 할까요? 빠삭하게 아는 내용이 아니라면 보통 관련 자료부터 찾아보겠죠? 예를 들어 '우산'이 소재라면 '우산의 역사', '우산을 이루는 소재', '우산과 관련된 문학 작품', '나라별 우산', '우산 대체 용품', '우산을 발명한 사람' 등 수많은 이야깃거리를 떠올리겠죠.

이 재료들로 목차를 만들려고 마음먹어보세요. 목차는 보통 4~5개의 장이 있고, 각 장은 5~8개 정도의 꼭지로 이루어져 있습니다. 콘셉트를 정한 뒤 성격이 비슷한 것끼리 묶고 어디에도 속하지 않는 건 버립니다. 의미 있는 자료만 선별해서 취합합니다. 서론과 결론은 다른 장보다 꼭지 수가 좀 적어도 괜찮습니다. 꼭지별로 위계를 세우고 범주화하는 과정이 바로 체계적으로 사고하는 훈련입니다.

2 최상의 순서를 고민하는 훈련

글에는 보통 기승전결이 있죠. 물론 '기'만 주야장천 풀다가 허무하게 끝나버리는 글도 있고, 난독증이 있는 친구들은 '결'부터 내놓으라고 떼쓰기도 합니다만, 어쨌든 글에는 '순서'가 있습니다.

목차 꾸리는 일은 순서를 정하는 일이기도 합니다. 보통 '시간의 흐름'이나 '사건의 성격', '글의 주제'대로 장을 묶습니다. 자기 계발서라면 목차 첫 장에 이 책을 읽어야 하는 이유나 배경이 나오겠죠. 마지막 장은 전체 내용을 정리하거나 강조하는 꼭지로 마무리합니다. 에세이는 어떨까요. 만약 '나'와 '직장', '가족' 이야기를 중심으로 짠 장이 있다고 하면, 보통 나로 시작해 가족, 직장 순서로 넘어가야 자연스럽습니다. 하지만 직장 이야기가 훨씬 더 흥미로운 내용을 담고 있다면 앞으로 당겨 오는 게 좋겠죠. 어떤 내용을 먼저 배치해야 메시지를 효과적으로 전달할지 고민하면서 독자를 배려하는 구성을 체득합니다.

3 매력적인 문구를 뽑아내는 훈련

요즘엔 온라인에서 책을 주문하는 일이 많아 독자들이 목차를 꼼꼼하게 살펴봅니다. 목차는 본문 흐름을 보여주는 동시에 호기심을 자극해야 합니다. 마치 책 제목처럼 말입니다. 목차를 이루는 문장 하나하나는 '작은 제목' 역할을 한다고도 볼 수 있습니다.

목차는 크게 장 제목과 꼭지 제목으로 이루어져 있습니다. 1장당 꼭지 여덟 개로 이루어진 5장짜리 목차를 꾸린다고 가정하면, 장 제목까지 합쳐 총 45개의 제목을 지어야 합니다. 글을 45개 쓰지 않아도 제목을 45개 짓는 거죠. 매력적인 제목을 지으려고 고민하는 것은 훌륭한 글쓰기 훈련입니다.

4 함축하는 훈련

목차 제목은 한 문장으로 이루어집니다. 반면 책 본문은 짧으면 두 장, 길면 몇십 장도 됩니다. 다시 말해 목차를 꾸리는 작업은 긴 글을 한 문장으로 추출해내는 일입니다. 그 과정에서 글을 잘 쓰는 데 꼭 필요한 함축·요약하는 기술을 익힙니다.

15분 PT

1 운동, 여행, 영화, 음식 중 가장 자신 있는 소재를 하나 고른다.

2 소재에 어울리는 글감 열 개를 무작위로 떠올려 써본다. (7분)

예) 운동

- 직장인은 하루에 얼마나 운동을 할까
- 취미로 할 만한 운동 종류
- 운동이 취미인 사람과 아닌 사람의 건강 차이
- 운동에 필요한 장비
- 준비운동 방법
- 운동 친구 사귀기
- 운동하기 싫은 이유
- 운동하기 좋은 장소
- 운동과 어울리는 음식
- 부상 예방법

3 글감 열 개 중 잘 어울리는 것끼리 묶어 목차 2장으로 꾸려본다. 장 제목도 지어본다. (8분)

예) 운동

- **1장 운동이 필요한 이유**
  - 직장인은 하루에 얼마나 운동을 할까
  - 운동이 취미인 사람과 아닌 사람의 건강 차이
  - 운동을 하기 싫은 이유
- **2장 운동을 취미로 만들어보자**
  - 취미로 할 만한 운동 종류
  - 준비운동 방법
  - 운동에 필요한 장비
  - 운동 친구 사귀기
  - 부상 예방법

레벨 UP

4 목차에 잘 어울리는 책 제목을 지어보자. 꼭지 제목도 매력적으로 다듬어본다.

예)
- 책 제목: 오늘부터 운동하는 여자 / 운동이 이토록 재밌을 줄이야
- 꼭지 제목 다듬기
  - 직장인은 하루에 얼마나 운동할까 → 오늘 얼마나 움직였나요?
  - 운동을 하기 싫은 이유 → 운동하기 싫은 이유는 100가지
  - 운동에 필요한 장비 → '가성비' 좋은 장비 고르는 법
  - 부상 예방법 → 다치지 않고 오래 하려면?

이런 제목은 짓지 마세요

앞서 첫 문장이 중요하다고 강조했죠. 제목은 그보다 더 중요합니다! 갈수록 태산이라고요? 사실 글 한 편에 중요하지 않은 부분이 어디 있겠어요.

제목은 선물 포장지와 같습니다. 진열대에 수많은 선물 상자가 놓여 있어요. 겉으로 봤을 때 크기도 비슷하고 들어보니 무게도 고만고만해요. 어떤 상자는 세련된 포장지에 싸여 리본으로 묶여 있어요. 어떤 것은 너덜너덜한 신문지에 대충 싸여 있고요. 그중 하나만 가질 수 있다면 무엇을 고르시겠어요? 첫 문장이 아무리 탁월하고 글이 훌륭해도 제목이 허술하면 독자는 여러분의 글을 읽어주지 않을 거예요. 속상하지만 현실이 그래요.

좋은 제목이란 무엇일까요? 글의 정수를 담고 있으면서 독자로 하여금 '이 글을 읽어보고 싶다'는 충동이 들게 한다면 좋은 제목입니다. 왠지 내게 꼭 필요한 내용일 듯하고, 재미있을 거 같아서 빨리 읽어보고 싶은 마음이 들게 해야 합니다. 흔히 베스트셀러 제목이나 클릭을 부르는 제목에는 공통되는 몇 가지 공식이 있다고 하죠. 여러분도 이미 알고 있을지 모릅니다. 몇 가지만 소개해볼까요.

끌리는 제목의 다섯 가지 공식

1 궁금하게 만들기

퇴사만은 절대 하지 마라 / 이별하고 3개월 만에 생긴 일

2 특정 집단 지목하기

마흔부터는 나답게 / 당신이 여전히 솔로인 이유

3 숫자를 넣어 범위 한정하기

3만 원이 알려준 인생 교훈 / 20대에 꼭 해야 할 7가지

4 쉽고 간편해 보이도록 짓기

'클래식'이 이렇게 쉬울 줄이야 / 한 달이면 충분한 스페인어

5 '검색 키워드'처럼 짓기

꼰대 상사가 괴롭힐 때 / 독서 모임 제대로 꾸리는 법

이 정도만 알고 있어도 제목 고민은 꽤 해결될 거예요. 블로그처럼 온라인에 올리는 글 제목은 5번 방법으로 지으면 검색엔진을 통

해 독자가 유입되기도 합니다. 하지만 이와 같은 공식은 이제 식상합니다. 너도나도 쓰면서 낡아버린 거죠. 앞서 말한 제목 공식은 편리하지만 수명이 얼마 남지 않았습니다.

세계적으로 히트를 친 아이디어의 비결을 다룬 책, 앨런 가넷의 《생각이 돈이 되는 순간》에는 '크리에이티브 커브creative curve'라는 개념이 나옵니다. 대중은 새로운 것에 열광하면서도 그것이 너무 친숙해지면 흥미를 잃는다는 내용입니다. 반면 굉장히 획기적인 것은 반감이 들어 대중에게 이해받기 힘들고요. 익숙함과 새로움의 경계에서 가장 큰 호응을 얻는 '스위트 스폿sweet spot'을 찾는 일이 창작자에게 중요하다고 말합니다. 제목 짓는 일도 마찬가지예요. 친숙하면서도 어딘지 새로운 느낌이 들면 좋겠죠. 어렵다고요? 맞아요, 제목 짓기는 까다로운 클라이언트를 상대하는 일처럼 어려워요.

그렇다면 반대로 피해야 할 제목 유형을 알아두는 편이 더 쉽고 쓸모 있지 않을까요?

피해야 할 제목 유형

1 달랑 명사 하나로 지은 제목

첫사랑 / 달리기 / 선물 / 비밀

이런 제목을 짓는 사람이 어디 있느냐고요? 의외로 많습니다. 제목의 중요성을 잘 모르거나, 알아도 게으름에 굴복하면 이런 제목을 짓습니다. 제목이 이렇다면 아무리 유익한 내용이 담겨 있어도 독자가 선뜻 읽지 않을 겁니다. 별로 궁금하지 않으니까요. 명사로 제목을 짓는다고 무조건 나쁘다는 뜻은 아닙니다. '어쩌다 할머니', '보통의 단어', '따뜻한 아이스 아메리카노'처럼 하나로는 평범한 단어를 둘 이상 결합하면서 낯설고 새로운 의미를 창출한다면 호기심을 끕니다.

2 무슨 글이 나올지 예상하기 힘든 제목

19세기 여성 음악가 / 첫 번째 이야기-스킨스쿠버 / 그의 또 다른 세상

위 제목을 보면 어떤 이야기가 전개될지 예상되나요? 읽고 싶어지나요? 제목을 지은 사람만 아는 제목이죠. 궁금증도 어느 정도는 예상이 되어야 생깁니다. 조금만 더 구체적으로 지어주세요. '우리가 놓친 19세기 여성 음악가', '난생처음 스킨스쿠버', '우리 아빠의 이중생활'. 어때요, 무슨 내용인지 궁금하죠?

3 뻔한 내용이 예상되는 제목

여행이 좋다 / 커피로 깨우는 아침 / 욕심을 버리자

반대로 무슨 이야기를 할지 완전히 예상되는 제목은 김이 빠져버립니다. 막상 펼쳐보면 새로운 이야기가 담겼을지라도 독자는 제목만 보고 저 멀리 가버릴 거예요. 제목에 정답이 다 나와 있기 때문입니다. 이런 경우, 조금만 비틀어도 구미가 당깁니다. '집순이도 여행은 좋다', '내일 아침, 커피가 없다면', '욕심을 버린 줄 알았는데'.

4 지나치게 어려운 전문 용어나 외래어 범벅인 제목

아방가르드에 페미닌한 디테일을 레이어드한 하이 퀄리티 감성 / 파이토케미컬로 한 살 더 어려지자! / 반도체 업황 강도의 바로미터

패션 잡지에서 많이 쓰는 외래어 가득한 글은 눈살이 찌푸려질 뿐만 아니라 무엇을 표현하고 싶은지 의도를 파악하기 힘듭니다. 대체할 단어가 없는 전문 용어는 외래어를 쓰는 게 맞지만, 제목에서는 되도록 피하세요. 한자어나 외래어 대신, 읽기 쉽고 공감이 가며 뜻이 분명한 우리말을 쓰자고요. '강한 문장'은 제목에서도 마찬가지로 힘을 발휘합니다.

15분 PT

1 6일 차 글 제목인 '이런 제목은 짓지 마세요'를 '끌리는 제목의 다섯 가지 공식'에 대입해서 다시 지어본다. (각 2분)

- 궁금하게 만들기　예) 절대 짓지 말아야 할 제목의 유형
- 특정 집단 지목하기
- 숫자를 넣어 범위 한정하기
- 쉽고 간편해 보이도록 짓기
- '검색 키워드'처럼 짓기

2 내가 지은 제목이 '피해야 할 제목 유형'과 겹치지 않는지 확인한다. (5분)

내 이름을 걸고 주간 뉴스레터를 써보세요

'구독'이라는 말을 들으면 아직도 신문이나 유튜브만 떠올리세요? 꽃, 칫솔, 심지어 브래지어까지 별걸 다 구독하는 편리한 시대입니다. 글도 구독이 대세입니다. 밀레니얼 세대를 겨냥한 시사 뉴스 '뉴닉'을 필두로 유용한 정보를 큐레이션해주는 각종 이메일 뉴스레터가 인기를 끌고 있습니다. 그만큼 정보가 흘러넘치는 온라인 세상에서 내가 원하는 핵심만 딱 골라내기가 쉽지 않다는 거죠. 안 그래도 바쁘고 빡빡한 인생, 누가 나 대신 필요한 정보를 떠먹여주길 원합니다. 이해하기 쉽고 재미있게!

구독은 독자에게 정기 발행을 약속합니다. '월간 윤종신'이나 '일간 이슬아'를 한 번쯤 들어보셨을 거예요. 전자는 1:1 구독 개념은 아니지만 뮤지션 윤종신이 잡지를 발행하듯 매달 싱글 앨범을 발표하기로 팬들과 '약속'하고 진행하는 프로젝트입니다. 후자는 이슬아 작가가 SNS에서 모집한 유료 구독자에게 하루 한 편씩 메일로 글을 전송하는 독립 연재 프로젝트입니다. 두 프로젝트 모두 큰 호응을 얻었죠.

오늘은 정기 발행 프로젝트를 글쓰기에 응용해봅시다. 월간은 너무 늘어지고, 일간은 너무 급하니 주간이 적당하겠네요. '주간 ○○○'이라는 제목으로 나의 한 주를 정리해서 써보는 겁니다. 혹시 알아요? 누군가 내 글을 구독하고 싶다고 연락해올지!

저 역시 '주간 글밥'이라는 이름으로 한 주간 일상을 블로그에 정리해서 발행하고 있습니다. 이 프로젝트는 오랫동안 자신의 일상을 기록해온 한 마케터의 제안으로 함께 시작하게 되었습니다. 처음에는 그저 내 일상을 남기는 것이 목적이었는데, 매주 거듭하다 보니 이 글이 읽는 사람에게도 유익한 정보가 되면 좋겠다는 바람이 생기더라고요. 한 주 동안 내 관심사와 행적을 기록한다는 점은 똑같지만, 들어줄 사람을 염두에 두면서 글을 쓰면 태도가 달라집니다.

'주간 뉴스레터'를 발행하면 글쓰기에 왜 도움이 될까?

1 글감이 쌓인다

저는 '주간 글쓰기', '주간 독서', '주간 필사', '주간 요가'를 기본 카테고리로 두고 글을 씁니다. 제가 매일 하는 것들이죠. 금요일이 되면 각각 한 주 동안 쓴 글, 읽은 책, 필사한 문장, 요가 종류와 몸 상태를 글로 정리합니다. 눈 뜨면서 잠들기 전까지 매일 반복하는 일이라 무의식적으로 흘려보내기 쉬운데, 기록해두면 콘텐츠 재료로 남습니다. 이렇게 블로그라는 곳간에 차곡차곡 저장해둔 글감을 궁할 때 빼서 쓰면 요긴합니다.

2 능동적으로 콘텐츠를 소비한다

매주 금요일, 블로그에 '주간 글밥'을 발행하는 일은 나와의 약속이자 혹시 기다리고 있을지 모를 독자와의 암묵적인 약속이기도 합니다. 보이지 않는 약속이 한 주를 부지런히 살도록 부추깁니다. '오늘은 필사를 거를까?', '피곤해서 책 읽기 귀찮은데' 싶다가도 '주간 글밥'에 쓸 거리를 만들어야 한다는 압박에 뉘였던 몸을 스프링처럼 튕겨 일으킵니다. 더 유익하고 재미있는 내용을 담고 싶어 능동적으로 문화 콘텐츠를 소비하니 자연스럽게 공부량도 늘어납니다.

3 친절한 글을 쓴다

모든 글은 독자를 염두에 두고 써야 하는데, 글쓰기 초보는 이를 대강 넘기기 쉽습니다. 내가 아는 이야기를 상대방도 안다고 믿고 개념 설명이나 해설이 필요한 부분도 건너뛰는 것이죠. 누군가에게 전송하는 뉴스레터라고 생각하고 쓰면 아무래도 독자를 배려한 친절한 글이 나옵니다.

15분 PT

1 블로그에 '주간 *○○○ - 1주 차'란 제목을 단다. (1분)

*이름 or 필명

2 내 일상이나 취미를 바탕으로 카테고리 세 개를 정한다. (2분)

예) ◦ 주간 독서: 일주일 동안 읽은 책 소개

◦ 주간 문장: 일주일 동안 읽은 문장 중 인상 깊은 것 소개

◦ 주간 운동: 일주일 동안 한 운동과 몸의 변화 기록('주간 요가', '주간 크로스핏' 등 구체적인 작명 추천)

◦ 주간 영화 / 주간 넷플릭스: 일주일 동안 본 영상 콘텐츠 소개나 추천, 혹은 소감

◦ 주간 밥상: 일주일 동안 먹은 다이어트 식단, 혹은 맛집 메뉴 소개

3 지난 일주일 기억을 되살려 카테고리에 맞게 글을 쓰고 발행한다. (12분)

신문기사처럼 딱딱한 문체 대신 독자에게 수다를 늘어놓듯 경쾌하게 써보자.

레벨 UP

4 '주간 ○○○'을 받아볼 친구나 독자를 모집해 메일로 보내거나 블로그 링크를 전달한다.

온라인에 글쓰기 공간 만들기

일주일 동안 차곡차곡 글쓰기 기초 체력을 쌓았습니다. 할 만했나요? 이번에는 잠시 쉬어가는 시간입니다. 오늘은 15분 PT을 수행하는 대신 가벼운 마음으로 이 글을 읽어보세요.

글을 보통 어디에다 쓰시나요? 요즘은 종이보다는 컴퓨터나 스마트폰에 많이 쓰죠. 그런데 나만 보려고 쓰는 글과 세상에 내놓는 글은 매우 다릅니다. 이미 블로그를 운영하는 분도 있겠지만 오래전부터 망설이고만 있는 분도 많을 겁니다. 부끄럽고 귀찮다는 이유로요. 저는 글을 꾸준히, 제대로 써보고 싶다는 분들께 강력하게 권합니다.

"우선 블로그부터 만드세요."

블로그를 하면 글쓰기에 왜 도움이 될까?

① 퇴고에 공을 들인다

나만 보는 글은 아무래도 완성도를 별로 따지지 않죠? 온라인상에 공개하는 글은 단 한 사람이라도 누군가 읽을 가능성이 있으니 이를 의식하게 됩니다. 집에서는 하루 종일 머리도 안 감고 목이 늘어난 티

셔츠 바람일지라도, 밖에 나갈 때는 말끔히 단장하듯 말입니다. 퇴고라도 한 번 더 하게 되죠. 제목 짓는 일부터 세세한 맞춤법 확인까지 조금 더 공을 들입니다.

② 글을 자주 쓴다

큰맘 먹고 산 다이어리에 '1월' 칸만 빼곡히 채운 경험, 누구나 있을 겁니다. 글쓰기에 작심삼일을 반복하는 이유는 무엇일까요? 나 혼자만의 약속이고, 약속을 깨도 뭐라 할 사람이 없기 때문이죠. 블로그를 만들고 글을 올리면 조회 수가 올라가고 댓글도 가끔 달립니다. 구독자도 하나둘 늘어날 테고요. 피드백이 생기니 재미가 있어 한 번이라도 더 쓰게 됩니다. 행여 기다릴지 모를 독자에게 책임감도 생깁니다. 그러다 보면 저절로 동기부여가 됩니다.

③ 나의 강점과 약점을 안다

블로그에 글을 올렸다고 댓글이 저절로 달리는 건 아닙니다. 댓글로 소통하길 원하면 처음엔 나부터 찾아가야 합니다. 관심사가 비슷한 블로거에게 찾아가 글을 읽고 먼저 댓글을 남겨보세요. 누구인지 궁금해서 내 글을 보러 옵니다. 온라인 인맥이 생기고 내 글에 관심을 갖는 사람이 점점 늘어납니다. '이 글을 읽고 위로받았다', '너무 재미있게 읽었다' 등 힘이 나는 댓글도 달리지만, 때로는 '제목 보고 들어왔는데 실망스럽다', '무슨 말을 하려는지 도통 모르겠다' 등 비판적인 댓글도 달립니다. 독자가 어떤 글에 환호하는지, 내 글에 부족한 점이 무엇인지 깨닫게 되니 글솜씨가 점점 발전합니다.

악성 댓글에 대처하는 자세

블로그를 시작하려니 악성 댓글이 두렵다고요? 사실 저도 '악플'에 마음을 다친 적이 있습니다. 익명의 공간이다 보니 얼굴 앞에서는 하지 못할 말도 서슴없이 하죠. 하지만 악플이 무서워서 온라인 글쓰기가 지닌 수많은 장점을 포기하고 언제까지 숨어서 일기만 쓸 순 없잖아요? 글 쓰는 사람이라면 맷집도 키워야 합니다. 모두가 나와 의견이 같을 순 없으니까요.

한번은 블로그에 저를 일부러 불쾌하게 하려는 의도가 다분히 보이는 악플이 달린 적이 있었습니다. 제 이웃들 블로그에서 동일한 닉네임이 악플을 여러 번 단 것을 발견했습니다. 그때 깨달았죠. 내 글이 문제라기보다는 악플을 달며 희열을 느끼는 변태가 있다는 것을!

저는 크게 두 가지 방식으로 악플에 대응합니다. 우선 인신공격성 발언이나 글 내용과는 무관한 악플은 지워버립니다. 처음에는 악플의 허점을 지적하는 대댓글을 써서 망신을 주기도 했는데, 마음이 찜찜하더라고요. 지워버리는 게 역시 속 편합니다.

또 다른 방법은 악플의 거친 표현과 메시지를 분리해보는 것입니다. 혹시 타당한 비판일지도 모른다고 악플러의 의도를 너그러이 헤아려보는 거죠. '왜 이런 말을 남겼을까', '혹시 내 글에 배려가 부족했던 건 아닐까?' 하고 마음을 열고 보면 악플은 오히려 내 글솜씨를 연마하는 기회가 됩니다.

어떤 플랫폼에 쓸까?

온라인 글쓰기를 할 때 이용하는 대표적인 플랫폼은 '네이버 블로그'와 '카카오 브런치'입니다. 각기 다른 장점이 있는데, 이를 한눈에 보기 좋게 정리해봤습니다.

	네이버 블로그	카카오 브런치
대상	회원 누구나 글 발행	작가로 승인받은 사람만 글 발행
글의 종류	정보 글, 리뷰 위주	에세이 위주
소통	이웃, 서로이웃	구독
확장	네이버 메인 화면 노출	다음 메인 화면 노출, 카카오톡 채널 메시지 공유
장점	◦ 국내 최대 포털 사이트로 검색 / 방문자 노출 용이 ◦ 주제에 따라 메뉴 직접 설정 ◦ 광고 수익 가능성	◦ 군더더기 없이 쓰기에 집중한 메뉴 구성 ◦ 작가라는 자부심 ◦ 다양한 공모전 참여 기회 ◦ 출간 가능성
단점	◦ 처음에 직접 메뉴를 꾸려야 함 ◦ 오픈형 플랫폼이라 글 완성도나 신뢰도가 떨어짐	◦ 작가 승인이라는 진입 장벽 ◦ 네이버에 비해 덜 알려져 있고 사용자가 적음

네이버는 국내에서 가장 많이 사용하는 포털 사이트라 접근성이 좋습니다. 누구나 마음만 먹으면 자신의 블로그를 만들 수 있죠. 블로그를 개설하려면 글 주제에 맞게 메뉴 카테고리를 만들고 홈 화면을 꾸며야 합니다. 각자 개성을 살릴 수 있어 좋지만, 익숙하지 않은 사람에게는 조금 어렵게 느껴지기도 합니다. 주 사용 목적이 검색인 만큼 블로그에 올라오는 글도 주로 정보성 글이나 리뷰가 많습니다. 사진이나 동영상 편집하기도 편리하죠. 조회 수와 콘텐츠 질이 어느 정도 확보되면 광고 수익도 기대할 수 있어요.

카카오 브런치는 글쓰기에만 집중하도록 설계한 플랫폼입니다. 글을 온라인으로 발행하려면 작가 승인이라는 단계를 거쳐야 하니 진입하기는 상대적으로 까다로운 편입니다. 긍정적으로 생각하면 '작가'가 된 기분을 느낄 수 있습니다. 기분은 중요해요. 글을 꾸준히 쓰게 하는 동기가 되거든요. 페이지가 이미 만들어져 있어 사용자는 글만 쓰면 되니 편리합니다. 어느 정도 글을 쓰는 사람이 모였다는 평판이 있어 출판사 관계자가 주시하고 출간을 제안하기도 합니다. 브런치 출간은 뒤에서 한 번 더 다루겠습니다.

운동을 꾸준히 하려면 운동장이 필요하듯, 꾸준히 글을 쓰고 싶은 사람에게는 블로그가 필요합니다. 블로그 글쓰기를 오래 하려면 플랫폼도 전략적으로 선택해야겠죠? 내가 쓰고자 하는 것이 정보 글인지 에세이인지 곰곰이 생각해보세요. 물론 용도에 따라 두 가지 다 운영하면 더 좋을 테지만요.

고개만 끄덕이지 말고, 지금 당장 온라인 글쓰기 공간을 만듭시다!

"인생은 용기의 양에 따라 줄어들거나 늘어난다."

아나이스 닌Anais Nin

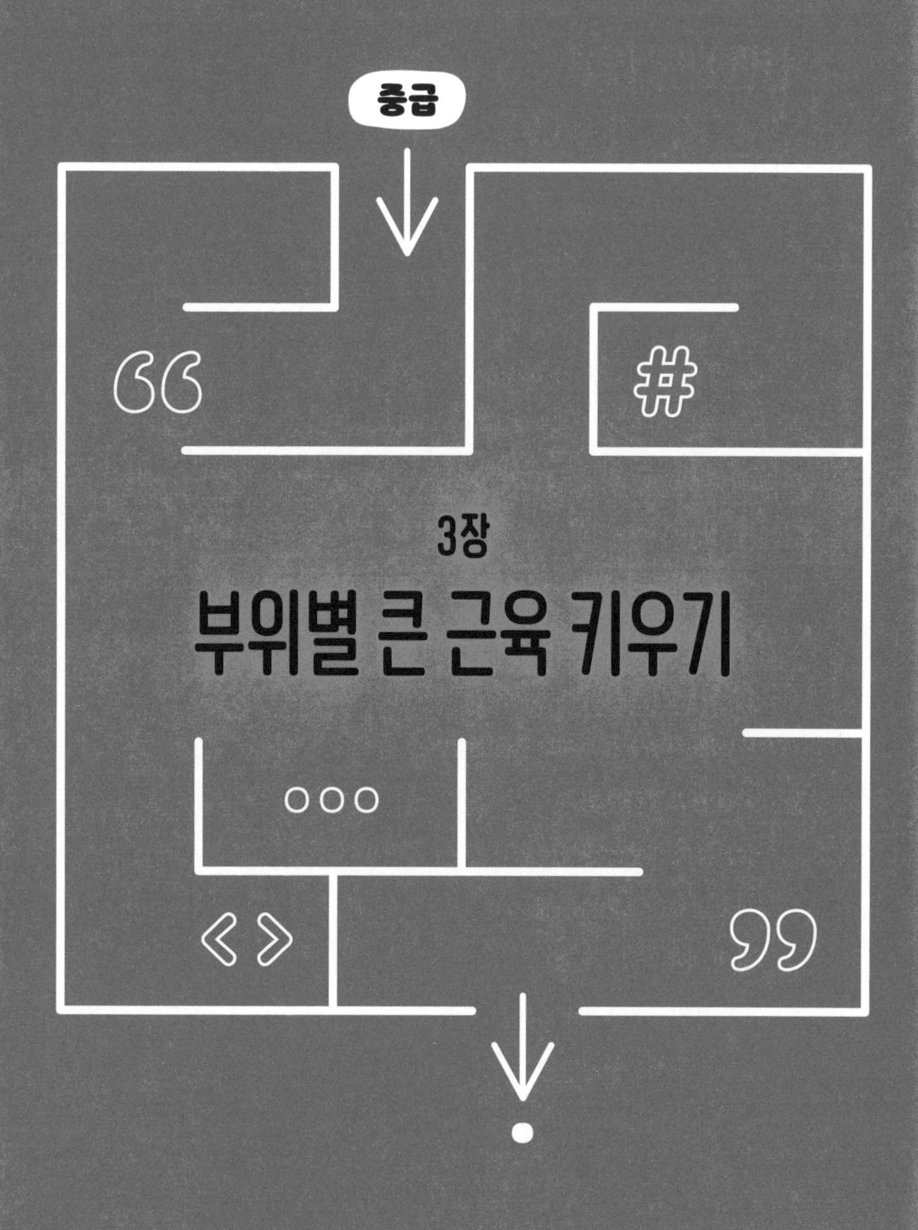

3장
부위별 큰 근육 키우기

나만의 노하우를 리스티클로 써보세요

저는 글쓰기 근육을 키우고 싶은 사람을 대상으로 '아무리 바빠도 매일 글 쓰는 모임'을 진행하고 있습니다. 가끔 모임 회원에게 '나만의 노하우'를 써보라고 글쓰기 주제를 내드리곤 하죠. 거창한 건 아니에요. 노하우란 '어떤 일을 오래 하면서 사연스럽게 터득한 방법이나 요령'을 뜻합니다. 누구에게나 지금껏 살아오면서 쌓은 고유한 삶의 노하우가 있습니다.

> **'나만의 노하우'라는 주제로 글을 쓴다면**
>
> - 시간 관리 잘하는 법
> - 우울할 때 기분 전환하는 법
> - 식물 안 죽이고 키우는 법
> - 티 안 나게 자랑하는 법
> - 실연한 친구를 위로하는 법
> - ○○을 두 배로 즐기는 법

어때요? 누구나 살림이나 사회생활을 하면서 자연스레 체득하는 지혜잖아요. 이런 내용을 굳이 글로 써볼 생각은 못해봤을 거예요. 좋은 글감이고 글쓰기 훈련인데 말이죠.

노하우가 '좋은 글감'인 이유는 두 가지입니다. 첫 번째는 독자에게 유익한 정보를 전달하기 때문입니다. 독자는 글에서 새로운 정보를 하나라도 얻길 기대합니다. 애써 시간을 내 글을 읽고 책을 읽었는데 모두 아는 내용이라면 허무하겠죠. 몸소 겪으며 얻은 지식을 글로 친절하게 풀어서 독자를 이롭게 하니 좋은 글감이죠?

두 번째는 나 자신을 더 잘 아는 계기가 되기 때문입니다. 어떤 상황과 마주했을 때 내가 대응하는 방식은 삶을 바라보는 태도나 방향성을 보여줍니다. 무의식적으로 살 때는 잘 모르죠. 글로 정리해 보면 그동안 몰랐던 나의 내공, 숨은 능력을 발견할 수 있습니다. 내가 실리적인 사람인지, 이타적인 사람인지, 취약한 부분이 무엇인지 쓰다 보면 알게 됩니다. 나를 잘 알면 더 잘 살게 됩니다. 잘 살면 더 좋은 글을 짓습니다.

'나만의 노하우'를 쓸 때 리스티클listicle 형식으로도 써보라고 합니다. 리스티클은 리스트list와 기사article를 합친 말입니다. 2014년쯤 등장해 한동안 유행했던 글 형식입니다. 특정 주제에 번호를 매겨 순서대로 나열하는 '강릉에 가면 꼭 먹어봐야 하는 음식 다섯 가지' 같은 글을 많이 보았을 겁니다.

리스티클 열풍의 진원지는 미국 인기 온라인 매체 '버즈피드BuzzFeed'

입니다. 기존 기사 형식보다 재미있고 간결하니 SNS에 공유하기 좋고, 모바일에서 읽기도 편하죠. 문장 첫머리마다 1, 2 ,3과 같이 숫자를 붙이니 다음 내용을 궁금하게 만들어 독자를 잡아두는 효과도 있습니다. 지금은 너무 흔해지는 바람에 예전만큼 인기는 없지만요. 그럼에도 '나만의 노하우'를 리스티클 형식으로 써보는 훈련은 다음과 같은 이유에서 글쓰기에 도움이 됩니다.

노하우를 리스티클로 쓰면 글쓰기에 왜 도움이 될까?

1 정보를 선별하고 요약하는 훈련이 된다

예를 들어 '시간 관리 잘하는 법'을 리스티클로 쓴다고 해보죠. 우선 내가 써본 방법이 떠오르겠죠? 시간대별로 해야 할 일을 엑셀에 정리해 기록해둔다든지, 중요도와 급한 일의 우선순위를 따져본다든지, 여러 가지가 있을 겁니다. 모두 쓸 수는 없으니 그중 '시간 관리 잘하는 다섯 가지 비법'으로 내용을 한정해보세요. 후보군 중 매력적인 다섯 가지를 취사선택합니다. 우선순위를 정하고 일목요연하게 정리하는 연습이 됩니다.

2 핵심을 놓치지 않는 훈련이 된다

한 문단에는 중심 생각이 하나여야 합니다. 하지만 글을 쓰다 보면 나도 모르게 전혀 다른 골목길로 빠져버릴 때가 있죠. 숫자를 매겨놓고 이야기를 풀어간다는 건, 번호 하나에 한 가지 이야기만 하겠다는 선언이기도 합니다. 하고자 하는 이야기의 방향이 틀어지지 않도록 담장을 두르고 오로지 그 내용에만 집중하게 해줍니다.

3 근거를 수집하는 훈련이 된다

나만의 노하우는 개인적인 경험이지만 '~하는 방법'이 들어가면 에세이와는 달라야 합니다. 리스티클이라는 명칭답게 '기사' 모양을 갖춰야죠. 근거 없는 기사는 신뢰를 줄 수 없습니다. 내가 습득한 노하우가 실생활에 쓸모 있다는 사실을 증명하려고 노력해야 합니다. 전문가 인터뷰, 연구 자료 등 객관적인 근거를 찾아 모으는 일도 많이 해본 사람이 더 잘합니다.

15분 PT

1 '나만의 노하우' 여섯 개 주제 중 가장 자신 있는 것을 고른다. (1분)

- 시간 관리 잘하는 법
- 우울할 때 기분 전환하는 법
- 식물 안 죽이고 키우는 법
- 티 안 나게 자랑하는 법
- 실연한 친구를 위로하는 법
- ○○을 두 배로 즐기는 법 (○○은 게임, 운동, 영화, 뜨개질 등 취미 생활)

2 선정한 주제를 보고 떠오르는 경험을 최대한 많이 적어본다. (5분)

3 그중 가장 실용적인 내용 세 가지를 추린다. (1분)

4 객관적인 근거를 갖춘 리스티클 형식 '~하는 세 가지 방법'으로 써본다. (8분)

두서없이 글쓰기

앞에서도 언급했지만 '글쓰기 근육'이라는 말을 흔히 씁니다. 글을 잘 쓰려면 운동처럼 꾸준히 해야 한다는 뜻이겠지요. 그런데 궁금해져요. 내 글쓰기 근육이 늘고 있기는 한 건지. 매일 쓰는 일은 여전히 고통스럽기만 합니다.

끝이 보이지 않는 터널처럼 컴컴한 글쓰기 훈련이지만, 몸에 근육이 붙는 원리를 이해하면 한 줄기 빛이 보입니다. 운동을 할 때는 근조직이 미세하게 손상되는데, 이것이 회복되는 과정에서 근육이 커진다고 알려져 있어요. 즉 글 쓰는 일이 고되다면 잘하고 있다는 증거입니다. 운동하고 난 다음 날 근육통이 느껴지듯, 힘든 만큼 글쓰기 근육이 성장하고 있을 테니까요.

단, 글쓰기 근육을 키울 때 기억해야 할 점이 있어요. 헬스장에서 근력 운동을 할 때 등 근육 운동만 하지는 않잖아요. 균형 잡힌 몸매를 만들려고 등, 어깨뿐 아니라 허벅지나 엉덩이, 복근 운동도 골고루 합니다. 매일 글쓰기는 분명 글쓰기 근육을 키우는 데 도움이 되지만 3년 동안 일기만 쓴다고 글솜씨가 일취월장할 리 없습니다. 내가 쓰기 싫은 종류의 글일수록 자꾸 써봐야 합니다. 그 부위 근력이 약하다는 신호니까요.

기초 체력을 충분히 쌓았으니 오늘부터는 균형 잡힌 글쓰기 몸매를 만들어봅시다. 부위별로 골고루 글쓰기 근육을 단련하는 것이죠. 사물이나 사유를 세밀하게 표현하는 '묘사 근육', 상대방을 설득하는 '논리 근육', 없는데 있는 것처럼 창조하는 '상상 근육' 같은 이름을 붙이면 어떨까요.

오늘은 모든 근육의 기반이 되는 '서술 근육'을 키우는 데 집중하겠습니다.

글을 쓰는 방식은 크게 두 파로 갈립니다. 처음부터 완벽하게 구조를 잡고 쓰기 시작하는 '계획파'와 일단 쓰면서 생각을 정리하는 '행동파'. 저는 후자에 가깝습니다. 자고로 작가라고 하면 치밀하게 자료를 조사한 후 탄탄하게 구성을 잡고 글을 시작해야 마땅할 것 같은데 말이죠. 어떤 방식이 옳다고 단정하긴 힘들어요. 각각 장단점이 있습니다. 자신에게 더 편한 쪽으로 택하면 됩니다.

저는 '행동파' 대표 주자로서 무엇을 써야겠다고 결심하면 일단 손가락부터 움직입니다. 예를 들어 '코로나19 이후 세계'라는 주제로 글을 쓴다고 해봅시다. 우선 코로나의 시발점이 떠오르네요. 뉴스 보도로 처음 접했을 때 심정, 마스크가 필수품이 된 일상, 팬데믹 단계로 넘어가면서 느낀 공포, 외신 반응 등 두서없이 쭉쭉 생각

나는 대로 쓰는 겁니다. 어느 정도 쓰다 보면 본문이 몇 가지 소주제로 정리됩니다.

코로나19 이후 세계

1. 코로나19 첫인상
2. 코로나19 장기화로 바뀐 일상
3. 언택트 소비문화 등 새롭게 떠오른 사회현상
4. 앞으로 어떻게 살아야 할까?

이렇게 네 가지 소주제를 정해놓고 본문을 보충합니다. 차례대로 쓰지 않아도 됩니다. 1번을 다 쓰고 2번으로 넘어가는 게 아니라 3번부터 썼다가 2번을 쓰고 다시 4번으로 넘어가도 된다는 의미입니다. 만만해 보이는 부분부터 실마리를 풀어갑니다. 3번을 쓰고 있었다고 꼭 그것을 마무리 지어야 다음으로 넘어가는 것도 아니에요. 쓰다가 막히면 2번에 가서 집적거리고, 그러다가 또 글이 막히면 1번으로 가봅니다.

물론 두서없이 쓰기 시작했어도 고쳐 쓰기를 거쳐 완성된 글은 반드시 두서가 있어야 합니다.

두서없이 글을 쓰면?

1 글을 쉽고 빠르게 쓴다

글을 쓰다가 막다른 길 앞에 설 때가 있어요. 스스로 검열하기 시작하면 빠져나오기가 쉽지 않습니다. 전전긍긍하다 보면 시간은 눈 깜짝할 새에 흐르죠. 손가락을 멈추지 말고 잠시 다른 문단에서 놀다 오면 진도가 쭉쭉 나갑니다. 빈 화면이 어느덧 글씨로 까맣게 채워져 있습니다. 백지를 바라볼 때보다 안정감이 듭니다. 이제 본격적으로 구성을 하고 고치면 됩니다. 마감 시간이 정해져 있는 글을 쓸 때는 이 방법이 최고입니다.

2 기웃거리는 동안 아이디어가 샘솟는다

1번 문단을 쓰다가 글이 막혀 3번 문단을 쓰다 보면 1번 문단에 필요한 아이디어나 적당한 문구가 번뜩 떠오르기도 합니다. 3번에 필요해서 찾은 자료였는데 1번이나 4번에 적용할 만한 아이디어로 진화하기도 합니다. 생각이 유연해지고 문단과 문단이 상호작용하며 서로를 돕습니다.

창의력 계발 분야의 권위자 에드워드 드 보노 박사 역시 순서대로 논리 과정을 밟는 수직적 사고에서 벗어나 수평적 사고lateral thinking를 하면 창의적인 생각을 하는 데 도움이 된다고 말합니다.

> 수평적 사고의 이동과 변화는 그 자체로 끝나는 것이 아니라 패턴의 재구성을 유발하는 방법이다. 일단 이동과 변화가 일어나면 의식을 극대화하는 특성에 따라 어떤 유용한 일이 일어날 것을 감지한다. 수직적 사고를 하는 사람들은 "나는 내가 무엇을 찾고 있는지 안다"라고 말하겠지만 수평적 사고를 하는 사람들은 "나는 무엇을 찾고 있지만, 그것을 찾을 때까지는 그것이 무엇인지 알 수 없다"라고 말한다.•

무엇을 찾아가는 과정, 즉 글을 쓰는 과정에 참신한 아이디어나 주제가 발견되는 식입니다.

3 덜 지루하니 글쓰기가 즐겁다

아무리 필력이 뛰어난 작가라고 해도 매일 일필휘지하기는 힘듭니다. 어떤 날은 체한 것처럼 꾸역꾸역 글을 엮어가야 할 때도 있죠. 그러다 보면 지칩니다. 저는 글 속에서 문단을 오갈 뿐만 아니라, 여러 글을 동시에 쓰기도 합니다. 이 글이 막혀서 저 글을 쓰다가 돌아오면 짧은 휴식을 취한 것처럼 다시 활력이 돌아옵니다. 지루하지 않으니 즐거운 마음으로 어느새 마지막 문장을 다듬고 있습니다.

• 《드 보노의 수평적 사고》, 에드워드 드 보노 지음, 이은정 옮김, 한언출판사, 2019.

저는 보통 이렇게 초고를 씁니다. 일단 모니터에 아무 낱말이나 토해내다가, 고쳐 쓰면서 구성을 잡아가곤 합니다. 문단을 마우스로 통째로 드래그해 덩어리째 글 배치를 바꾸기도 합니다. 디지털 시대에 살아서 얼마나 다행인지 몰라요. 종이에 글을 쓴다면 지우개로 지우고 다시 쓰기를 반복하다가 지쳐 나가떨어졌을 테니까요.

스릴러의 거장 스티븐 킹은 소설 쓰는 일을 땅속에 묻힌 화석을 발굴하는 작업에 비유합니다. 각종 연장(낱말, 문법, 문체 등)을 사용하여 파내다 보면 크든 작든 서서히 그 모습을 드러낸다고요. 처음부터 완벽하게 구성해서 글을 쓰려고 하면 시작 자체가 힘듭니다. 창의력의 발로를 막아 더 멀리 뻗어나가지 못합니다. 내가 글을 쓰지만, 때로는 글이 나를 끌고 가게 내버려두세요. 그게 정말 즐거운 글쓰기 아닐까요?

15분 PT

1 온라인 서점 사이트에 들어가 베스트셀러 책 제목을 살펴본다. (5분)

베스트셀러 목록은 최신 트렌드나 화두를 엿보기 좋다.

2 관심 가는 책 제목 하나를 정해서 떠오르는 생각을 두서없이 쓴다. (10분)

- 맥락이나 맞춤법 등은 신경 쓰지 않는다.
- 손가락을 되도록 멈추지 않고 쓴다.

레벨 UP

1 두서없이 쓴 글에서 소주제 두 가지를 정하고, 문단이 두 개인 글로 써본다.

- 하나의 소주제는 하나의 생각을 담고 있다.
- 분량이 한 문단에만 치우쳐 있지는 않은지 점검해본다.
- 더 찾아보거나 보충해야 할 자료는 무엇인지 고민해본다.

2 각 문단에 소제목을 달아본다.

구체적인 글쓰기

공감 가는 문장을 쓰는 훈련

오늘은 에세이를 쓸 때 꼭 필요한 근육을 키울 거예요. 구체적인 글을 쓰는 훈련을 합니다. 에세이 장르는 광범위한데, 여기서는 '자신의 경험을 녹여 공감을 끌어내는 자유로운 형식의 글'을 뜻합니다. 두 가지 지점이 마음을 편안하게 해주죠. 모르는 이야기가 아니라 내 이야기라는 점, 그리고 형식에 구애받지 않는다는 점.

에세이 전문 편집자이자 《에세이를 써보고 싶으세요?》를 쓴 김은경 작가는 '에세이는 독자들에게 나를 궁금하게 하는 유혹의 글쓰기'라고 표현했습니다. 마음에 드는 상대를 유혹하려면 어떻게 행동해야 할까요? 자신의 매력과 취향을 구체적으로 드러내야 합니다. 부끄럽다고 꽁꽁 감추고 뭉뚱그려서는 유혹은커녕 내 존재를 알리기도 힘듭니다.

글도 마찬가지겠죠? 구체적인 글은 감각기관으로 더 또렷하게 와닿는 단어를 주로 사용합니다. 가령 해바라기, 아이패드, 새우깡은 꽃, 전자 기기, 과자보다 구체적입니다.

에세이가 아니더라도 글은 구체적인 것이 좋습니다. 아무리 멋들어지게 치장을 해도 추상적이고 관념적인 문장으로 가득한 글은 잘 읽히지 않습니다. 대충 무슨 뜻인지는 알겠는데 머릿속에 잘 그려지지 않고 맥락을 파악하기가 힘들죠. 독자에게 공감을 끌어내기는커녕 읽다가 포기하게 만듭니다.

독자가 글을 읽는 이유는 크게 세 가지로 요약할 수 있습니다. 정보(지식)를 얻으려고, 재미를 느끼고 싶어서, 또는 감동을 받고 싶어서입니다.

구체적이지 않은 것은 정보라고 부르기 힘듭니다. 허공에 떠도는 말 조각일 따름이죠. 가치 있는 정보는 언제나 구체적인 근거를 내포합니다.

재미와 감동은 공감에서 피어오릅니다. 그렇다면 공감은 어디서 비롯될까요. 공감은 타인의 가치관으로 세상을 바라볼 수 있을 때 가능합니다. 구체적인 표현은 타인을 이해하기 쉽도록 해줍니다. 눈앞에서 펼쳐지듯 묘사가 생생한 글은 독자에게 공감을 얻는 강한 문장입니다.

구체적인 글을 쓰려면?

1 오감의 촉을 벼린다

어린아이는 무엇이든 만지고 봅니다. 마주치는 모든 상황이 낯설고 궁금해서겠죠. 누구나 나이가 들면 반복되는 생활에 익숙해지고 호기심을 잃기 쉽습니다. 몸이 편한 선택지를 고르죠. 소극적인 자세는 직장 생활뿐 아니라 글을 쓸 때도 불리합니다. 글을 쓸 때 반드시 필요한 오감五感의 촉을 무디게 만들기 때문입니다. 연필 촉이 무디면 그림을 그릴 때 치밀하게 묘사하기 힘들 듯, 감각의 촉이 무디면 구체적으로 생각하기 힘듭니다.

길을 걷다 이름 모를 꽃을 발견하고 걸음을 멈춰본 적이 있나요? 익숙한 장미나 프리지어와는 향이 어떻게 다른지 코를 대고 향기를 맡아보세요. 손가락으로 살살 문질러 꽃잎 결도 느껴보고요. 꽃잎마다 감촉이 다르답니다. 촉촉하고 실크처럼 보드라운 꽃잎이 있는가 하면, 물기가 말라 퍼석한 것, 잔털이 까끌거리는 놈도 있죠. 알아야 표현할 수 있습니다. 세상과 내가 만나는 면적을 항상 넓게 열어두세요.

시각, 청각, 후각, 미각, 촉각은 각각 눈, 귀, 코, 혀, 피부 즉 감각기관으로 느끼지만 이를 해석하는 건 뇌입니다. 인간의 신체 기관은 나이가 들면서 퇴화하지만 뇌는 다르다고 합니다. 쓰면 쓸수록 신경망이 새로운 연결을 만들어내며 발달한다는 것이죠. 이를 '뇌 가소성'이라고 부릅니다. 뇌 가소성은 죽을 때까지 계속됩니다. 뇌 가소성과 관련 있는 부위인 '해마'는 기억력과 창의력을 관장합니다. 정리하면, 오감은 쓰면 쓸수록 발달하며 이는 글쓰기 능력과도 관계가 깊습니다.

2 글쓰기 전에 심상을 떠올린다

심상은 신체 모든 감각을 동원해 마음속으로 어떤 경험을 떠올리는 것을 뜻합니다. 심상은 추상적인 관념을 구체적으로 바꾸고 사물의 인상을 또렷하게 만듭니다. 저는 경험을 토대로 글을 쓰기 전에 '그때의 나'를 떠올려보는 시간을 갖습니다. 당시 분위기, 소리, 냄새까지 반추하고 최대한 거기 이입해보려고 노력합니다. 그런 과정을 거친 후 글을 쓰면 보다 구체적인 문장이 나옵니다. 심상을 떠올린 후 '머리 감기'를 소재로 제가 쓴 글을 볼까요?

> 미용실 접이식 의자에 앉아 고개를 젖히면, 의자가 쭉 펴지면서 몸도 편안하게 누인다. 센스 있는 미용사는 수건으로 얼굴을 덮어준다. 그러면 나는 온전한 암흑 속에서 '물이 뜨거울까, 차가울까' 예측해본다. "물 온도 괜찮으세요?" 배려 깊은 그녀의 물음에 조금만 더 차가우면 좋겠다고 답한다. 뜨거운 물이 머릿결을 상하게 한다는 말을 어디선가 들었기 때문이다. 미용사의 손길이 서너 번 내 두피를 스치자 풍성한 거품이 인다. 화사한 향기가 콧구멍으로 들어온다. 눈을 감고 있지만 마치 뜬 것처럼 상황이 보인다.

기량이 출중한 스포츠 선수들 역시 심상을 활용합니다. 대회 시작 전, 금메달리스트의 동작을 머릿속에 그려보거나 자신이 과거에 성공했던 경험을 회상하는 식이죠. '이미지 트레이닝'이라는 말을 들어보았을 거예요. 이러한 심상 훈련은 실제로 성과를 내는 데 도움을 준다는 연구 결과도 있습니다. 심상도 자주 떠올리면 점점 수월해집니다. 글로 풀어내고자 하는 내용을 TV처럼 머릿속에 틀어서 재생시켜보세요. 이제 손에 잡힐 듯 생생한 글로 써보는 일만 남았습니다.

15분 PT

1 눈을 감고 오늘 하루 겪은 일을 시간 순서대로 머릿속에 떠올려본다. (3분)

- 아침 / 점심 / 저녁으로 나눠서 생각해본다.
- 중요한 이벤트가 있었다면 그 일에 집중해본다.

2 인상적인 장면에 생각을 고정하고 '그때의 나'에 이입해서 주변 냄새를 맡아보자. 간단히 메모를 해도 좋다. (2분)

3 상상 속 사물에 초점을 맞추고 카메라를 줌인하듯 확대해보자. 색깔과 모양은 어떠한가? (2분)

4 시각, 청각, 후각, 미각, 촉각 중 두 개를 선택해 구체적인 문장으로 표현해보자. (8분)

구체적인 글쓰기

생동감 넘치는 글의 노하우

어제에 이어 구체적인 글쓰기 훈련을 한 번 더 해봅니다. 구체적인 글을 쓰려면 감각적인 묘사로 상황을 생생하게 보여줘야 한다고 했죠? 똑같은 일상이라도 호기심을 갖고 오감을 쓰며 적극적으로 관찰하라고 했습니다. 오늘은 보다 기술적인 방법으로 들어갑니다.

상황을 떠올릴 때 빼놓기 힘든 것이 '대화' 아닐까요. 누군가와 함께 있다면 서로 대화를 나누고, 혼자 있다면 중얼거리며 혼잣말을 하거나 머릿속으로 자신과 대화할 거예요. 글을 쓸 때 대화나 독백을 삽입해보세요. 글을 읽는 사람은 마치 그 자리에 함께 있는 것처럼 친근한 감정을 느낄 거예요. 심리적 거리가 줄어든 만큼 글쓴이의 의도를 좀 더 구체적으로 받아들이게 됩니다.

구체적인 글을 쓰려면?

3 대화체나 독백을 활용한다.

예를 들어 다음과 같은 문장을 대화체로 바꿔보겠습니다.

> 나는 여행을 좋아하지만 내 여자 친구는 집순이다. 언제쯤 함께 여행을 갈는지.
>
> → "이번 주말에 여행 갈래?", "여행은 무슨, 집에서 귤 까 먹으면서 TV나 보자." 언제쯤 집순이 여자 친구와 함께 여행을 갈는지.

독자는 대화체를 읽으면 작가의 음성을 듣고 머릿속으로 쉽게 구체적인 장면을 떠올릴 수 있습니다. 자신의 경험과 연관시켜 인물을 상상하거나, 드라마 속 한 장면처럼 이미지로 떠올리며 더 빠르게 몰입하는 거죠. 독백도 마찬가지예요.

> 나는 육 남매를 키우는 가장이다. 오늘도 일자리를 구하러 인력 사무소로 향했다.
>
> → '오늘은 인력 사무소에 일자리가 있을까?' 육 남매의 가장인 나는 서둘러 인력 사무소로 향했다.

작은따옴표를 써서 주인공의 속마음을 짧게 보태주기만 해도 간절한 느낌이 더욱 살아나죠?

다음은 제가 엄마와 함께하던 일을 떠올리며 쓴 에세이 중 대화체 일부입니다.

> "이 꽃봉오리 봐라. 예쁘지?"

> "또 화분 샀어?"
>
> "요 아래 '천냥 마트'에서 하나에 천 원, 이천 원씩 하는 거야. 너무 예쁘지 않니?"
>
> "그러게."

대화체를 빼고 문장으로 옮겨보겠습니다.

> 매년 봄이면 엄마는 화분을 들였다. 집 앞 '천냥 마트'에서 싸게 샀다며 기뻐하는 엄마에게 나는 시큰둥했다.

어느 쪽이 더 생기 있고 구체적으로 느껴지나요? 대화체에서는 등장인물 성격이나 심리, 상황을 구구절절 설명하지 않아도 문장에 자연스럽게 드러납니다. 읽는 사람이 적극적으로 상상하게 만들죠. 아이러니하게도, 독자가 스스로 머릿속에서 직조한 장면은 작가가 직접적으로 설명한 글보다 더 구체적으로 느껴집니다. 소설을 읽을 때 느끼는 생생함처럼 말이죠.

4 비유법을 적재적소에 활용한다

비유법을 쓴다고 하면 문학을 떠올리기 쉽지만, 비문학 글에도 적재적소에 활용하면 구체적인 느낌을 줄 수 있습니다. 비유법에는 '~처럼'으로 표현하는 직유법, 'A는 B다' 형태의 은유법, 사람 아닌 것을 사람처럼 만드는 의인법, 그 밖에 대유법, 상징, 그리고…. 갑자기 중학교 국어 시간으로 돌아간 것 같다고요? 네, 그만하겠습니다. 용어를 외우는 게 중요하지는 않으니까요. 당신은 이미 글을 쓸 때 무의식적으로 비유법을 구사하고 있을 겁니다. 종류까지 세세하게는 모르더라도요.

다음은 제가 유발 하라리의 《사피엔스》를 읽고 쓴 독후감 도입부입니다. 조금 과할 정도로 비유법을 많이 사용했습니다. 함께 살펴볼까요?

> 인류 역사는 폭력과 착취로 견고하게 쌓아 올린 첨탑이었다.(은유) 이 책은 내 가슴에 돌멩이도 아닌 바윗돌을 힘껏 내던졌다.(상징) 나는 휘청거렸고, 평화로운 시기에 태어났음을 감사했다.
> 너무 늦었다. 그 유명한 유발 하라리의 《사피엔스》를 이제야 읽다니. 마치 〈기생충〉 전성시대에 〈살인의 추억〉을 보고 감명받는 꼴이다.(직유) 그래도 늦게나마 이 책을 집어 든 건 다행이고 행운이었다.

유발 하라리의 《사피엔스》는 굉장히 흥미롭지만 결코 만만한 책은 아닙니다. 두께부터 겁먹을 만해요. 독후감을 쓰면서 어떻게 하면 거부감 없이 읽게 할까 고민했죠. 이럴 때 유용한 게 비유법입니다. '너무 방대해서 어디서부터 어떻게 설명해야 할지 막막한 인류 역사'나 '책을 읽고 받은 엄청난 충격'을 구체적인 사물에 빗댐으로 써 독자가 '그 정도'를 짐작하게 도와주는 거죠. 비유적인 표현은 독자의 심리 장벽을 낮추고 서둘러 다음 문장을 읽어보도록 재촉합니다.

15분 PT

1 어제 만난 사람과 나눈 대화를 떠올린 후 대화체 다섯 문장을 써보자. (5분)

- 기억이 정확하지 않아도 괜찮다.
- 마치 시트콤 대본처럼 재구성해도 좋다.
- 인물의 성격이나 말투가 잘 드러났는가?
- 대화체만으로도 상황을 짐작할 만한 단서가 들어 있는가?

2 다음 문장을 직유법으로 다시 써보자. (5분)

- 나는 당황스러웠다.

예) 나는 놀이공원에서 엄마 손을 놓친 아이처럼 당황스러웠다.

3 다음 문장을 은유법으로 다시 써보자. (5분)

- 내 옆자리 회사 동료는 OOO이다. 왜냐하면….

예) 내 옆자리 회사 동료는 김칫국이다. 툭하면 설레발을 치니 말이다.

말하듯 글쓰기

잘 읽히는 글의 비밀, 단문과 일상어

당신이 쓴 글이 '어려움 없이 술술 읽힌다'는 평을 듣는다면 바람직한 징조입니다. '문체가 유려하다, 필력이 좋다'는 다음 문제예요. 글은 우선 읽혀야 하니까요. 잘 읽히려면 '잘 들리게' 쓰면 됩니다. 무슨 말이냐고요?

우리는 거의 매일 글을 듣고 있어요. TV나 스마트폰 등에서 말이죠. 아나운서나 리포터, 성우, 연예인은 보통 방송 작가가 쓴 원고를 바탕으로 말합니다. 글이 입을 통해 말로 출력되는 것이죠. 글을 읽다가 '도대체 무슨 소리를 하는 거야' 하고 고개를 갸웃거린 적은 있어도, TV에서 나오는 말을 이해하기 힘들었던 적은 드물 겁니다. 특별한 노력을 기울이지 않아도 물 흐르듯 자연스럽게 상황이 이해됐을 거예요.

방송 작가는 시청자에게 잘 들리는 글을 쓰려고 노력합니다. 말하듯 쓰는 것이죠. 방송 원고를 말하듯 쓰는 이유는 분명합니다. 시청자는 글을 볼 수 없고, 빠르게 흘러가는 영상과 소리로 내용을 파악해야 하기 때문입니다. 책이나 인터넷 활자는 눈으로 읽기 때문에 각자 편한 속도로 정보를 훑어갑니다. 이해가 안 되면 앞부분으로 다시 돌아가 읽을 수도 있고요. 하지만 TV에서 나오는 소리는 놓치면 반복해서 듣지 못합니다. 자막이 시각적인 도움을 주지만, 발화자가 하는 말이 복잡하거나 내용이 어려우면 시청자는 실시간으로 내용을 따라가기 어렵습니다. 그래서 방송 글은 잘 들리게 말하듯 씁니다.

말하듯 쓴다는 건 결국 친절한 글쓰기입니다. 말 글은 크게 두 가지 특징을 품고 있습니다. 첫째, 문장이 간결합니다. 둘째, 중학생도 이해할 만큼 쉬운 단어로 이루어져 있습니다.

문장이 간결하다는 건 형용사나 부사 등 수식어를 지나치게 많이 사용하지 않으며 단문이라는 뜻입니다. 꾸밈말이 많으면 본질이 흐려집니다. 한 문장이 너무 길면 주어와 술어의 호응이 어긋나면서 비문이 되거나 본디 말하고자 했던 바가 곡해될 수 있습니다. 그 때문에 뜻을 오해 없이 분명하게 전달하려면 복문보다 단문이 유리합니다. 단문은 주어와 술어가 하나씩인 문장을 뜻합니다. 말 글은 보통 단문으로 씁니다.

말하듯 글 쓰는 훈련을 하면 뜻이 명확하고 잘 읽히는 '강한 문장'을 쓸 수 있습니다. 대표적인 말 글, 방송 글을 직접 살펴보며 익혀보자고요. 다음은 제가 방송 작가 일을 할 때 쓴 원고의 일부입니다.

1. 일주일 전, 길에서 갑자기 쓰러졌다는 할머니!

   원인은 뇌졸중이었습니다.

   뇌혈관이 막히거나 터지는 뇌졸중은

   전신마비나 사망에 이를 수도 있는 질환인데요.

2. 간단한 소품으로 빙판길을 안전하게 걷는다?

   양말, 장갑, 여성분들 머리끈인데요.

   세 사람이 각각 신발에 착용합니다.

   과연 효과가 있을까요?

단문이죠. 문장이 대체로 짧고 꾸밈말 없이 꼭 필요한 정보만 담겨 있습니다. 중학생이 이해하지 못할 만큼 어려운 단어도 없고요. 그야말로 우리가 평소에 대화할 때 쓰는 말입니다.

말 글은 일상어에 가깝습니다. 일상어는 격식어와 반대되는 개념입니다. 아래 예문이 제가 비교하고자 하는 바를 잘 보여주네요.

일상어 이성적으로 생각하지 못하는 환자가 응급실에 실려 오면, 약물을 투여해 진정시킬지 의사가 결정해야 한다.

격식어 지적 능력이 훼손된 환자가 외상 치료 전문 센터에 입실하면, 신경 안정제를 투약해 환자를 진정시킬지 담당 의사가 판단해야 한다.

출처: 《논증의 탄생》(조셉 윌리엄스·그레고리 콜럼 지음)

같은 문장이라도 느낌이 확연히 다르죠? 이번엔 일상어를 방송 글처럼 말하듯 써보겠습니다.

말하듯 쓴 글 생각을 제대로 하지 못하는 환자가 응급실에 실려 왔는데요. 약물로 진정시킬지는 의사가 결정해야 합니다.

말하듯 쓴 글 〉 일상어 〉 격식어 순으로 가독성이 높습니다. 학문적이거나 전문적인 글은 격식 있는 단어 위주로 써야 할 때도 있지만 그렇지 않은 글은 일상어나 말하듯 쓴 것이 전달력이 좋습니다. 격식어에는 한자어가 많이 포함되어 있어요. 뜻이 어려울 뿐만 아니라 딱딱한 느낌이 듭니다.

말로 하면 청산유수인데 글을 쓰려고 하면 자꾸 힘이 들어간다는 사람이 있습니다. 잘 쓰고 싶은 욕심이 지나쳐서 그렇습니다. 문장에 멋들어진 기교 하나쯤 들어가야 할 것 같고, 단문으로 이루어진 글은 미숙하게 느껴집니다. 전혀 그렇지 않으니 긴장을 푸세요.

말하듯 쓰는 글은 기본에 충실합니다. 독자에게 뜻을 정확하게 전달하는 것을 최우선 과제로 삼습니다. 여기에 익숙해져야 다음 단계인 유려한 글로 나아갈 수 있습니다.

15분 PT

*둘 중 하나를 고르세요.

1 친구나 가족과의 대화를 스마트폰으로 녹음한다.(물론 양해를 구해야겠죠!) (5분)

- 대화 주제는 오늘 저녁 메뉴, 요즘 고민거리 등 일상적인 이야기로 충분하다.
- 녹음을 의식하지 말 것.

2 녹음 파일을 틀고 대화 내용을 그대로 키보드로 받아써보자. (10분)

우선 들리는 대로 타자로 치고, 말이 빨라서 놓쳤던 부분은 되감아서 다시 듣는다.

유튜브에서 내가 관심을 가지고 있는 영상을 틀어놓고 들리는 말을 받아써보자. (15분)

- 진행자가 말을 많이 하는 채널로 선택할 것.
- TV 프로그램 속 아나운서나 리포터의 말을 받아써도 좋다.
- 넋 놓고 보다가 미션 수행하는 걸 잊지 말 것!

말하듯 글쓰기 리포터 멘트를 써보세요

오늘은 '내가 방송 작가다' 생각하고 말하듯 쓰는 글, 방송 글을 직접 써보겠습니다. 방송 글에는 드라마, 시사·교양, 예능 등 다양한 장르가 있는데, 저마다 특징이 조금씩 다릅니다. 보통 아침에 하는 생방송 정보 프로그램이나 〈6시 내 고향〉처럼 현장성이 중요한 프로그램에는 리포터가 나오죠. 리포터가 하는 멘트를 써봅시다.

리포터는 촬영 현장에서 시청자가 궁금해할 만한 질문을 출연자에게 대신 던지고 답변을 끌어내며, 대화로 매끄럽게 진행을 이어가는 역할을 합니다. 한편 VCR 화면이 나가는 동안 스튜디오에서 대본을 읽기도 합니다. 현장에서 미처 하지 못했던 이야기나 정보를 영상이 흘러가는 동안 빈틈없이 말로 채워주는 거죠. 마치 다큐멘터리에 성우 내레이션이 깔리듯 말입니다.

영상이 없으니 '그림'부터 쓸 거예요. 여기서 그림이란 촬영할 때 예상되는 상황을 뜻합니다. 예를 들어 생일 파티 장면을 촬영한다고 생각해보세요. 무슨 그림이 떠오르나요? 불 밝힌 초가 꽂힌 케이크가 놓여 있을 테고 고깔모자, 생일 축하 노래를 부르는 모습도 상상

됩니다. 구체적일수록 좋아요. 최대한 머릿속에 현장 상황을 그려봅니다. 그런 다음 '그림 쓰기'를 합니다. 아래처럼요.

그림 쓰기

- 큰 초 두 개가 꽂힌 케이크
- 고깔모자를 쓴 친구들
- 주변에 놓인 선물 상자
- 설레는 주인공 표정

그림을 썼으면 이제 자신이 리포터가 된 것처럼 상황을 중계하듯 '말 쓰기'를 해봅니다.

그림 쓰기		말 쓰기
◦ 큰 초 두 개가 꽂힌 케이크	→	누군가 스무 살을 맞이했나 보네요.
◦ 고깔모자를 쓴 친구들	→	친구들이 축하 파티를 준비한 모양입니다.
◦ 주변에 놓인 선물 상자	→	테이블 가득 쌓인 선물 상자를 보고
◦ 설레는 주인공 표정	→	주인공 입이 귀에 걸렸네요.

방송 글은 이처럼 그림과 말로 이루어져 있어요. 다큐멘터리나 리포터의 대본도 이와 같은 형식으로 쓴답니다. 원래 방송에서는 말

쓰기를 할 때 화면 그대로 설명하는 것은 지양하지만(TV는 영상이 나오므로 그림을 설명하는 대신 내용을 보완하는 정보를 담는다) 말하듯 쓰는 훈련이 목적이므로 얽매이지 말고 써보세요. 단문과 일상어로 쓰는 것 잊지 말고요.

자, 현장에 있는 리포터 나와주세요!

15분 PT

1 아래 그림에 말하듯 글을 써보자. (5분)

• 그림 쓰기	• 말 쓰기
◦ 공항에 도착한 남자	→
◦ 주위를 두리번거리는	→
◦ 무언가 발견하고 깜짝 놀라는	→
◦ 도망치듯 뛰기 시작	→

2 스스로 특정 상황을 설정하고 '그림 쓰기'와 '말 쓰기'를 해보자. (10분)

상상하는 글쓰기
남다른 문장을 쓰는 연습

글쓰기 모임에서 '상상하는 글쓰기'를 주제로 진행할 때 모임 회원들이 가장 불안에 떱니다. 그만큼 상상력이 빈곤하다는 뜻 아닐까요? 어린 시절에는 심심할 때마다 엉뚱한 상상을 하곤 했잖아요. '내가 자고 있을 때 인형이 돌아다니는 건 아닐까', '건물에서 뛰어내리면 날개가 돋아나지 않을까' 하고 말이죠.

상상력과 창의력은 비슷한 듯 다릅니다. '상상력'이란 실제로 경험하지 않은 현상이나 사물을 마음속으로 그려보는 힘을 뜻합니다. 예를 들어 우주선을 타보지는 않았지만 우주선 내부가 어떻게 생겼고, 탔을 때 느낌이 어떨지 그려보는 것이 상상력의 산물입니다. '창의력'은 새로운 것을 생각해내는 능력입니다. 우주선이 없던 시절, 우주로 쏘아 올리는 비행 물체를 떠올렸다면 창의력이 특출한 것이죠.

경험하지 못한 것을 자꾸 상상하다 보면 세상에 없는 존재도 떠올릴 수 있을 거예요. 같은 메시지를 담고 있더라도 창의력이 탁월한 사람은 남들과 다른 새로운 내용과 형식으로 글을 쓸 수 있습니다. 소설이든, 에세이든, 보고서든 강력한 영향력을 발휘합니다.

창의력을 키우는 상상하는 글쓰기

1 상관없는 것들을 연결 지어보기

앞서 창의력은 '새로운 것을 생각해내는 능력'이라고 했는데, 스티브 잡스는 또 다른 의견을 보탭니다. 창의성은 새로운 무언가를 만드는 게 아닌, 서로 관련이 없던 것을 독특한 방식으로 연결하는 것이라고요. 현대인의 필수품 '스마트폰'도 그렇게 탄생했죠. 불과 20년 전까지만 해도 '전화기와 컴퓨터'는 '냉장고와 옷장'처럼 서로 무관한 물건이었는데 말이죠. 요즘은 가구 스타일로 디자인한 냉장고가 인기더라고요.

연결하는 방법 중 가장 흔히 쓰는 것은 '유추'입니다. 유추는 둘 이상의 현상에서 기능적인 유사성이나 관련성을 발견해내는 일을 뜻합니다.

예를 들어볼까요? 눈앞에 얼음물이 담긴 컵이 놓여 있어요. 컵 표면에 물방울이 맺혀 있겠죠. 컵 주변 공기의 온도가 낮아지면서 공기 중 수증기가 물로 변하는 '액화 현상'입니다. 이를 눈물에 비유해보는 거예요. '내 마음 온도가 서늘해져서 눈물이 맺혔다. 눈물은 액화 현상이다.'

2 인간 중심 시선에서 벗어나 감정이입하기

바닷속에서 코를 막고 있는 다이버 사진이 있어요. 어떤 상황으로 보이나요? 사진을 보고 마음껏 상상력을 동원해 이야기를 지어 내보세요. 글로 써도 좋습니다. 다 썼으면 제가 쓴 아래 글을 읽어 보세요.

> 신경에 거슬리는 생물이 눈앞에 있다. 30년 넘게 이 바다를 누볐건만 저렇게 생긴 놈은 처음 본다. 한 입 거리도 안 되는 녀석이 까불거리기는. 무시하려고 해도 귀찮게 자꾸 내 주변을 맴돈다. 기다란 네 개의 지느러미에 눈알은 툭 불거졌고, 머리에 달린 촉수들이 물살 따라 나풀거린다. 아! 이놈이 육지에 서식한다는 '인간'이라는 종이구나.
>
> **'고래 눈에 비친 다이버'**

보통은 다이버 눈앞에 펼쳐진 황홀한 바닷속 풍경을 묘사합니다. 아니면 그가 바다로 뛰어든 사연이라든가, 위급한 상황에 처한 것처럼 꾸미죠. 당연한 듯 인간 중심으로 사고하고 표현합니다.

인간 시선에서 빠져나와 동물, 사물에 감정이입을 해보세요. 감정이입은 타자의 몸과 마음을 통해 세계를 느끼는 정신 작용입니다. 같은 인간이라도 세 살짜리 꼬마와 팔십 넘은 노인의 관점과 해석이 다른데, 다른 종이나 사물은 오죽할까요.

감자를 표현하고 싶으면 감자가 되어보는 겁니다. 어두컴컴한 땅 속에서 조용히 몸을 불리던 감자는 누군가에게 발굴되어 눈부신 빛을 봅니다. 그것도 잠시, 다시 깜깜한 냄비로 들어가 습식 사우나를 즐기죠. 사우나를 마치고 가뿐해진 몸으로 나온 감자는 자신이 나고 자란 흙의 성분이 될 인간을 살찌웁니다. 어때요, 그럴싸한가요? 감자는 속으로 '사정도 모르면서 무슨 소리를 지껄이는 거야' 할지도 모르겠지만요.

15분 PT

* 둘 중 하나를 고르세요.

1 지금 눈앞에 보이는 사물 두 개를 골라 서로 연결해보세요. 두 사물은 어떤 속성을 지니고 있는지 써보세요. (형태, 용도, 촉감, 취약성 등) (6분)

예)

사물 1 스마트폰 사각형. 유리와 플라스틱.
늘 몸에 붙어 있다. 사진을 찍는다.
대화를 나눈다. 세상과 나를 연결한다.
개인 정보가 담겨 있다.
떨어뜨리면 깨진다.

사물 2 포스트잇 사각형. 파스텔 색깔. 종이.
붙였다 떼었다 할 수 있다.
편리하다. 쉽게 찢어진다.
기록한다. 표시한다.

2 두 사물에서 비슷한 속성을 찾아내보세요. (2분)

예) 네모난 형태. 달라붙어 있다. 생각을 기록한다. 필요할 때 찾아본다. 편리하다.

3 은유적인 표현으로 써보세요. (7분)

예) 스마트폰은 포스트잇이다. 나에게 꼭 달라붙어 부족한 뇌 용량을 보완해주니 말이다.

동물이나 식재료 하나를 정해 그에 감정이입해 글을 써보세요. (각 3분)

- 그의 눈으로 주변을 관찰합니다. 무엇이 보이나요?
- 그의 육체로 세상을 느껴봅니다. 분위기나 촉감이 어떤가요?
- 그는 무엇을 힘들어하나요?
- 그는 언제 기분이 좋은가요?
- 그가 지금 가장 바라는 건 무엇일까요?

상상하는 글쓰기
창의력을 끌어올리는 법

어제에 이어 '상상하는 글쓰기' 훈련을 진행하겠습니다.

창의력을 키우는 상상하는 글쓰기

3 무작위 소재로 개연성 만들기

인물 사물

감정 상황 장소

사진들 사이에 연관성이 보이나요?

그럴 리가요. 제가 무작위로 선정한 것입니다. 저는 글쓰기 모임에서 회원들에게 이처럼 무작위 사진 여러 개를 제공했습니다. 유형은 크게 인물, 사물, 감정, 상황, 장소를 담은 사진으로 나뉩니다. 아무 관계 없는 사진 다섯 장으로 말이 되도록 이야기를 꾸며보라는 것이죠. 처음엔 다들 당황합니다. "꼭 내용이 이어져야 하나요?", "머릿속이 깜깜해요". 걱정도 잠시, 다들 단편소설 한 편씩 척척 써내던걸요. 어떻게 이런 일이 가능할까요?

무작위 사진을 활용해서 글을 쓰는 방법은 앞서 언급한 '수평적 사고(에드워드 드 보노)'의 무작위 투입과 맥을 같이합니다. 무작위로 선정한 단어나 이미지, 숫자 등을 연관시켜 고정적인 사고를 깨고 새로운 아이디어를 창출하는 것이죠.

인간의 생존 본능은 늘 인과관계를 찾습니다. 그래야 안전하다고 느끼기 때문입니다. 뇌는 무작위로 주어진 상황에서도 기필코 연결고리를 만들어냅니다. 이미지들이 아이디어를 감싼 단단한 껍질을 깨뜨려주니 오히려 생각이 뻗어나가기 쉽습니다. 개연성이 있으려면 상황을 설명할 충분한 이유나 근거를 만들어내야 하기 때문에 논리력도 향상됩니다.

4 글쓰기 환경 제약하기

무작위 사진을 보고 이야기를 꾸며낸다는 건, 한편으로는 제약을 거는 일입니다. 정해진 이미지만 가지고 상상력을 발휘해야 하니까요. 제약은 창의력을 길어 올리는 탁월한 촉매제입니다. 마음껏 상상의 나래를 펼치랬다가 갑자기 웬 엉뚱한 소리냐고요? 근거가 있습니다. 스티븐 스필버그 감독도 '제약 덕분에' 〈죠스〉라는 걸작을 탄생시켰다고 합니다.

영화 〈죠스〉가 개봉한 건 1975년이었어요. 당시엔 지금처럼 컴퓨터그래픽이 없던 시절이라 상어를 고무 모형으로 만들어 촬영했다고 합니다. 그런데 이 고무 상어가 물에 들어가면 자꾸 고장 나는 바람에 영화 제작 스케줄이 어그러져 애를 먹었다는 거예요. 촬영에 제약이 생긴 거죠. 스필버그 감독은 '어떻게 하면 상어 없이도 상어가 나타난 것 같은 효과를 줄까' 고민했습니다. 마침내 궁여지책으로 시점 쇼트(등장인물의 시점으로 촬영하는 것)를 고안해냈죠! 카메라가 세상을 보는 상어의 눈인 것처럼 촬영한 거예요. 제약이 창의력의 불씨에 기름을 부어준 격입니다.

스스로 제약을 만들어놓고 글을 써보세요. 눈앞을 가로막는 벽에 부딪칠 때마다 생각지도 못한 아이디어가 톡톡 튀어오를걸요?

창의력에 불을 지피는 제약 설정하기

마감 시간이나 분량 제약

- 15분 안에 A4용지 3분의 1을 채운다.

- 1,000자를 다 쓸 때까지 계속한다.

내용 제약

- 해피엔딩을 가로막는 장애물을 두 번 만난다.
- 두 인물이 갈등하다가 한 사람이 결국 죽는다.
- 열린 결말로 끝낸다.

형식 제약

- 시처럼 써본다.
- 경어체(평어체)로 써본다.

15분 PT

1 지금 가장 가까운 곳에 있는 책 한 권을 펼친다. (1분)

2 책 37·47·57·67·77쪽에서 각각 세 번째 문장의 첫 번째 단어를 수집한다. (3분)

- 여백이나 글이 없는 면이 나오면 다음 장에서 같은 조건으로 수집한다.

예) 네 개 / 흥미로운 / 그렇게 / 노출 / 교육자

3 수집한 단어 다섯 개를 조합해 500자 이상 분량 글을 써본다. (11분)

쉬는 시간

모임이 이렇게 유용할 줄이야

모임 좋아하세요? 코로나19 사태가 길어지면서 얼굴을 맞대는 모임이 더욱 그리운 요즘입니다. 저는 글쓰기와 독서 모임을 이끌고 있습니다. 다행히 이 모임은 꼭 만나지 않아도 할 수 있더라고요. 이번 시간에는 온라인 모임을 했던 저의 경험을 나누려고 해요.

글과 책 모임을 하면서 가장 좋은 점은 글쓰기와 독서가 습관으로 자리 잡았다는 것이죠. 보통 적으면 여섯 명, 많으면 스무 명 가까이 함께합니다. 모임에는 규칙이 있게 마련입니다. 제가 진행하는 매일 글쓰기 모임에서는 오늘 글쓰기를 했다고 인증하는 규칙을 만들었어요. 자정이 되기 전 인증하면 온라인 출석부에 체크 표시가, 자정이 지나면 세모, 인증하지 않으면 엑스 표시가 뜹니다. 내 글쓰기 인증 현황은 물론, 모임 회원 것도 함께 공개되니 한마음으로 체크 표시를 완성하려고 노력하게 되더군요. 일정 횟수 이상 불참 시 모임에서 빼거나 벌금을 내는 등 페널티를 만들기도 합니다. 규칙을 정하면 사람들은 저절로 움직입니다. 혼자서는 포기할 일도 악착같이 하고요. 그러다 보면 하루라도 글을 쓰지 않거나 책을 읽지 않으면 몸이 근질근질한 지경에 이릅니다.

이름	DAY1 20/6/1	DAY2 20/6/2	DAY3 20/6/3	DAY4 20/6/4	DAY5 20/6/5	DAY6 20/6/6	DAY7 20/6/7	DAY8 20/6/8
김민O	✔	✗	✔	✔	✔	✔	✔	✔
김채O	✔	△	✔	✔	✔	✔	✔	✔
김혜O	✔	✔	✔	✔	✔	✔	✗	✗
박윤O	✔	✔	✔	✔	✔	✔	✔	✔
신연O	✔	✔	✔	✔	✔	✔	✔	✔
일간 인증률	100%	89%	100%	100%	100%	100%	100%	100%
월평균 인증률	100%	94%	96%	97%	98%	98%	98%	98%

글쓰기 습관을 만드는 데 모임만큼 효과적인 방법은 없어요. 《아주 작은 습관의 힘》을 쓴 제임스 클리어 역시 더 나은 습관을 기르는 가장 효율적인 방법은 자신이 원하는 행동을 하는 집단에 들어가는 것이라고 했습니다. 관심사와 목적이 비슷한 사람이 모이다 보니 시너지가 나죠.

두 번째 장점은 관점을 넓히는 데 도움이 된다는 것입니다. 글쓰기 모임(독서 모임)에서는 보통 같은 주제(책)로 글(서평)을 쓰는 경우가 많습니다. 똑같은 텍스트를 두고 서로 다른 해석을 하기 때문에 사물이나 사건을 다각도로 바라보는 능력이 생깁니다. 모임 회원이 쓴 글을 통해, 혹은 대화(댓글) 과정에서 몰랐던 상식이나 지식도 쌓을 수 있습니다.

세 번째 장점은 서평을 쓰면서 책 속 지식을 온전히 내 것으로 흡수한다는 점입니다. 독서 모임은 보통 서평 쓰기를 전제로 합니다. 발제자뿐 아니라 함께하는 모임 회원 모두 짧게라도 내용을 요약하고 의견을 적어 와야 토론이 원활하게 이루어지기 때문입니다.

독일의 심리학자 헤르만 에빙하우스에 따르면, 학습 10분 후부터 인간의 망각이 시작된다고 합니다. 한 시간 뒤에는 50퍼센트, 하루 뒤에는

70퍼센트, 한 달 뒤에는 80퍼센트가량 내용을 잊어버린다는 거예요. 공들여 읽은 책인데 몇 달 후 무슨 내용인지 기억나지 않으면 얼마나 아깝습니까. 눈으로 쓱 훑어볼 때는 모두 이해한 것 같죠. 하지만 설명하거나 써보라고 하면 쩔쩔맨 경험이 있을 겁니다.

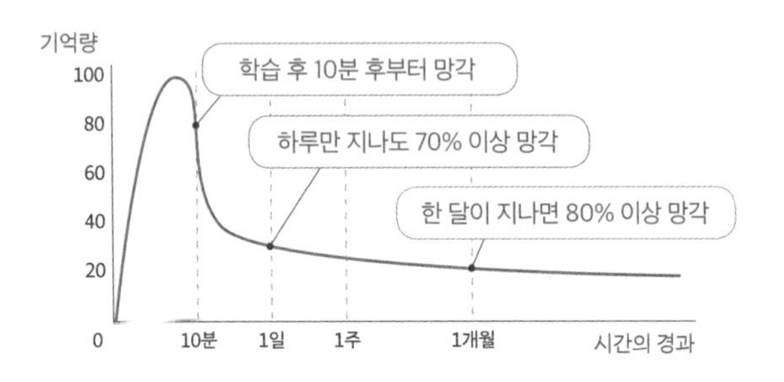

노력을 들여 서평을 쓰면 다릅니다. 내용을 요약하고 그 속에서 의미를 찾아내는 것은 결코 쉬운 일이 아니죠. 머릿속에 실타래처럼 엉켜 있던 생각을 풀어 일목요연하게 정리하려고 애쓰는 과정에서 뇌는 해부학적으로 변화하고 장기 기억이 형성된다고 합니다. 고속도로를 달리면서 스친 풍경은 금방 잊어도, 자전거를 타고 달린 비포장도로는 오래도록 기억에 남는 것과 같은 이치죠. 독서 후 글쓰기는 기억을 지식으로 붙잡아두는 자물쇠입니다.

글쓰기나 독서 모임에 참여해보고 싶은데 어떻게 신청해야 하는지 모르겠다고요? 스마트폰 앱 스토어에서 '모임'만 검색해도 수십 가지 애플리케이션이 뜹니다. 다운로드받아 목적, 지역, 연령대에 맞는 모임을 찾아보세요. SNS에서 해시태그(#)로 검색해도 수없이 나옵니다. 카카오에서 운영하는 '카카오프로젝트100'도 괜찮습니다. 일정한 보증금을 미리 내놓고 100일 후 실천한 만큼 돈을 돌려받는 온라인 인증 모임입니다. 저는 하루 열 장씩 책 읽는 모임에 참여하면서 숙제처럼 밀려 있던 책을 완독했습니다.

이런 모임이 즐거운 이유는 스스로 새로운 정체성을 발견하기 때문입니다. 내가 매일 글을 쓰면 '작가'라는 정체성을, 책을 읽으면 '독서가'라는 정체성을 획득하는 것이죠. 마치 페르소나처럼요. 삶은, 그리고 글쓰기는 어쩌면 나를 찾아가는 여정일지도 모릅니다. 그 여정에 푹 빠져 있으니 흐뭇할 수밖에요.

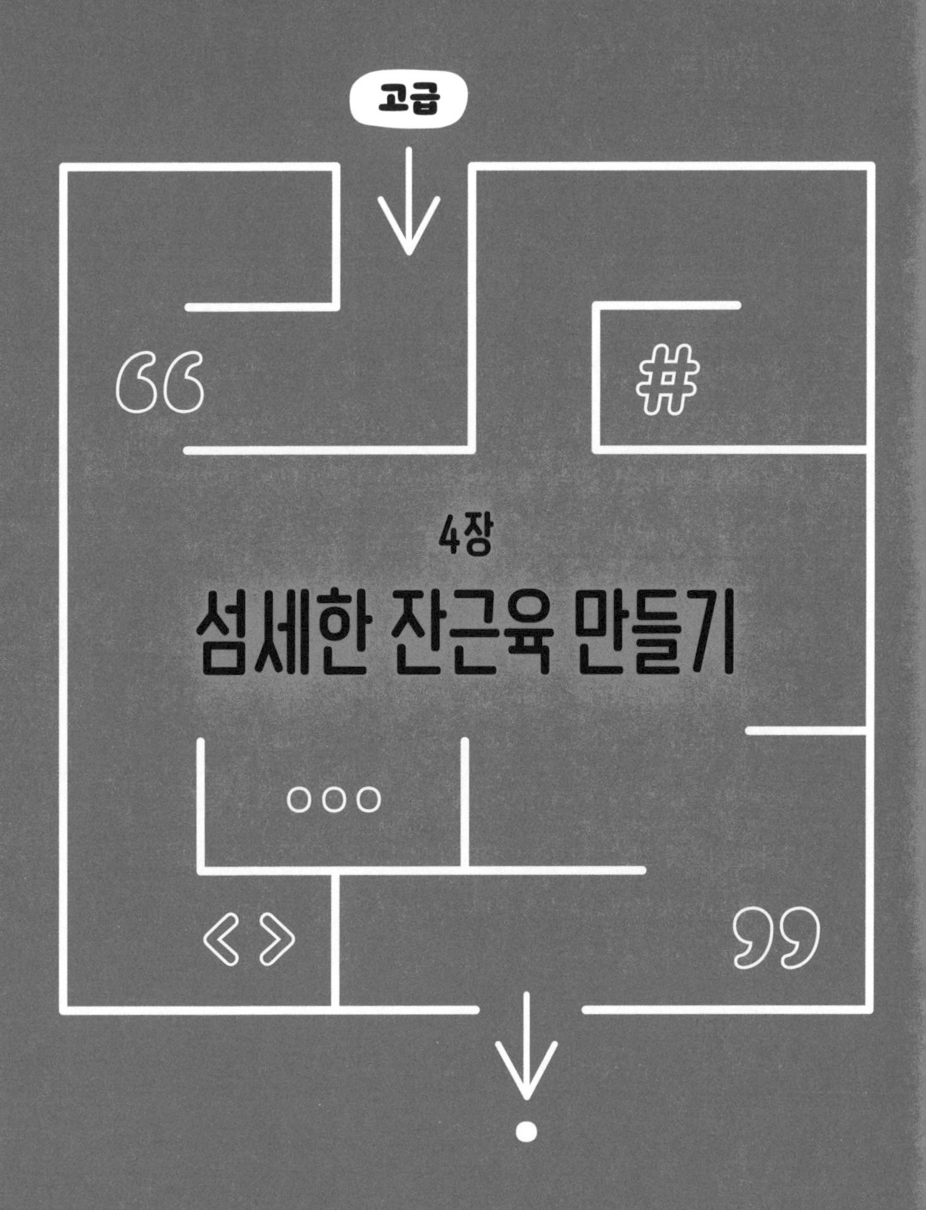

4장

섬세한 잔근육 만들기

설득하는 글쓰기
설득에 필요한 세 가지 요소

인터넷이나 SNS를 하다가 나도 모르게 광고에 홀려 필요하지도 않은 물건을 산 적 있나요? 네, 저도 있습니다. 매력적인 카피 몇 줄로 지갑을 열게 만드는 광고! 글이 지닌 설득력이 너무 강력해 때로는 무서울 정도입니다.

카피라이터만 설득하는 글을 쓰는 건 아니에요. 여러 직업군에서 오늘도 누군가를 설득하기 위해 글을 쓰고 있습니다. 예를 들어 고객에게 서비스나 상품을 홍보하는 글, 상사에게 제출하는 기획안이나 제안서도 모두 설득을 목적으로 하죠.

설득하는 글을 잘 쓰면 직장인에게 큰 무기가 됩니다. 회사 구성원에게 신뢰를 얻고, 업무 능력을 인정받으며, 더 빨리 진급할 기회가 생길지도 모릅니다. 하지만 만만치 않죠. 수없이 써보고 남의 글을 읽어보면서 비판적인 시각과 논리력을 키워야 합니다.

아리스토텔레스는 수사학에서 설득의 세 가지 형태를 이야기했습니다. 이는 2,500년이 지난 지금까지 널리 쓰이는 개념입니다.

- **로고스**logos 논리(근거)에 호소하는 힘
- **에토스**ethos 화자의 성품(신뢰도)에 호소하는 힘
- **파토스**pathos 독자의 감정(교감)에 호소하는 힘

화자의 성품에 호소하는 힘은 작가(화자)가 얼마나 합리적이고 공정한 사람처럼 느껴지느냐를 뜻합니다. 신뢰할 만한 성품을 가진 사람이 말해야 설득력이 높아진다는 것이지요. 독자(청자)의 감정에 호소하는 힘은 읽는 사람의 감정 상태가 설득 여부에 영향을 미친다는 것입니다. 똑같은 이야기를 들어도 마음이 괴로운 상태인지 기쁜 상태인지에 따라 판단이 달라지니까요. 마지막으로 논리에 호소하는 힘은 말 자체에 설득력 있는 요소가 충분한지, 근거가 잘 드러났는지에 달려있습니다.

로고스가 이성이라면 에토스와 파토스는 감성에 가깝죠. 설득을 잘 하려면 세 가지를 적절하게 사용해야 할 텐데요. 이번 시간에는 그중에서도 로고스, 논리를 세울 때 유념하면 좋을 글쓰기 방법을 알아봅니다.

1 개요부터 짠다

앞에서 글을 쓸 때 너무 오래 고민하지 말고 일단 써 내려가라고 했습니다. 다만 설득하는 글은 예외입니다. 개요부터 짜는 게 좋습니다. 개요는 집을 지을 때 반드시 필요한 설계도와 같습니다. 글을

쓰기 전 대략적인 내용과 구성을 생각해 글감을 어디에 어떻게 배치해야 가장 효과적일지 고민하는 과정입니다.

설득하는 글은 주장을 뒷받침하는 근거를 찾는 데 많은 공을 들여야 합니다. 미리 윤곽을 잡아놓으면 글이 장황해지는 걸 막고 핵심 위주로 이야기를 펼칠 수 있습니다. 내게 꼭 필요한 자료를 찾는 데 에너지를 모으는 것이죠. 서론, 본론, 결론에 각각 어떤 이야기를 담을지 밑그림을 그려보세요. 마인드맵을 활용해도 좋습니다. '일회용품 사용을 줄이자'는 주제로 개요를 짜고 마인드맵을 그려봤습니다.

주제 일회용품 사용을 줄여야 한다.

서론 오늘 하루, 내가 쓰고 버린 일회용품은?

어딜 가나 구하기 쉬운 일회용품. 느슨한 규제가 문제다.

본론 1. 기후 위기의 심각성

- 환경 위기 시계
- 그레타 툰베리의 환경 운동 스토리

2. 기후 위기의 주된 원인으로 떠오른 일회용품

- 통계자료
- 전문가 인터뷰

3. 현 일회용품 사용 규제의 한계와 문제점

- 일회용품 재활용률
- 타 국가 환경 정책과 비교

결론 일회용품 사용 규제를 더욱 강화해야 한다.

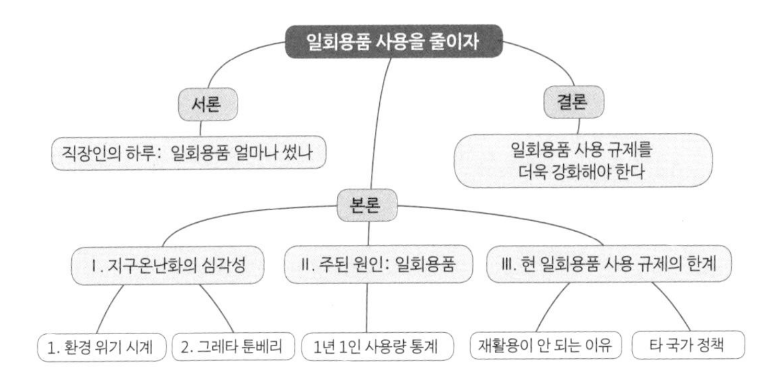

무료 마인드맵 프로그램을 다운받아 사용하면 된다.
생각을 그룹화, 계층화해 한눈에 보기 쉽게 정리하기 좋다.

2 구체적인 사례를 든다

누군가를 설득할 때 누구나 이해하기 쉬운 구체적인 예를 들어보세요.

> 글쓰기 실력은 하루아침에 좋아지기 힘들다. 갓난아이는 태어나자마자 걷지 못한다. 처음엔 힘겹게 기어 다니다가 어느새 걸음마를 하고, 결국 스스로 걷는다. 마찬가지로 글쓰기도 꾸준한 시간을 들여 연습하면 지금보다 실력이 좋아질 수 있다.

> 누군가와 친해지려면 최대한 자주 봐야 한다. 처음엔 별로라고 느꼈던 노래도 몇 번 듣고 나니 친숙해져서 자신도 모르게 흥얼거린 경험이 있을

> 것이다. 접촉 횟수가 많아지면 없던 호감도 생기기 마련이다.

> 가난해도 성공할 수 있다. 가수 비는 지금처럼 주목받기 전에 극심한 가난에 시달렸다고 한다. 돈이 없어 우유에 불린 라면을 몇 날 며칠 먹을 정도였다고. 하지만 끝까지 꿈을 포기하지 않고 치열하게 노력한 끝에 우리나라를 대표하는 톱스타로 자리 잡았다.

추상적인 주장은 피부에 와 닿지 않습니다. 하지만 잘 알려진 사실이나 구체적인 예를 들어서 설명하면 고개가 끄덕여집니다. 설령 그 주장이 참이 아닐지라도요.

딱 들어맞는 예시를 갑자기 생각해내기가 어렵다고요? 평상시 책을 읽거나 인터넷 서핑을 하다가 '이거 쓸 만하겠다' 싶은 사례를 발견하면 따로 모아 정리해두세요. 나만의 자료집을 만들어두면 글을 쓸 때 든든합니다.

3 반대 의견을 짚어라

설득하는 글은 일반적으로 '서론(주장) – 본론(이유–근거나 예시)–결론(다시 주장)' 순서로 전개합니다. 여기에 한 단계를 추가해보세요. '물론 ~라는 의견도 있다'라고 예상 반론을 집어넣는 겁니다. 뭐하러 굳이 반론을 꺼내서 긁어 부스럼을 만드냐고요? 그렇지 않아요. 오히려 '글쓴이가 반대 의견까지 고려하고 있구나' 하는 인상을 주어서 합리적이고 객관적인 글처럼 느껴집니다. 아래 글을 보세요.

서론 주장

대학 진학은 더 이상 필수가 아닌 선택이다.

본론 1 이유

현재 고등학교 교육과정은 대학 입시에 초점이 맞춰져 있다. 그 때문에 고등학생 때부터 자신에게 맞는 적성을 제대로 찾는 사람은 드물다. 결국 전공보다는 성적에 맞춰서 대학에 가기 쉽다. 막상 대학에 가보니 적성에 맞지 않아 방황하고, 부랴부랴 편입을 준비하기도 한다. 자퇴를 하고 공무원 시험에 매진하기도 한다. 다시 못 올 20대가 아깝게 흘러가버리는 것이다.

본론 2 근거나 예시

대학을 나왔다고 취업이 보장되는 시대도 끝났다. 한국개발연구원(KDI)이 공개한 한 보고서(2020)에 따르면, 고교 졸업자 중 약 70퍼센트가 대학에 진학하지만 졸업한 후 미취업자로 머무르는 청년 비중은 작년 기준 전체 대졸자의 26.8퍼센트에 달했다. 게다가 취업자 중 상당수가 대학 전공과는 무관한 직장에 취직하는 것으로 나타났다.

오히려 고등학교를 졸업하고 바로 사회에 나와 다양한 경험을 쌓는 게 나을지도 모른다. 애플의 창업자 스티브 잡스, 페이스북의 마크 저커버그도 대학을 나오지 않았다. 학력보다는 아이디어와 실행력으로 성취를 이룬 사람들이다. 학교가 아닌 사회에서 몸으로 직접 부딪쳐가며 스스로 길을 개척해도 된다.

본론 3 예상 반론 - 반박

물론 여전히 대학 졸업장 없이는 이력서를 내밀지 못하는 기업이 존재한다. 최종 학력에 따라 연봉에 차등을 두기도 한다. 하지만 거액의 등록금과 시간이 기회비용이라는 사실을 잊지 말아야 할 것이다. 내 미래에 꼭 필요한 과정인지 꼼꼼히 따져보아야 한다. 더군다나 학벌 위주 채용이 점점 무너지는 추세다.

결론 대안 - 다시 주장

꿈이나 진로가 명확하다면 대학에 가서 관련 전공을 깊이 있게 공부하는 건 찬성이다. 하지만 남들이 간다고 무조건 대학에 가는 건 낡은 생각이다. 대학 진학은 더 이상 필수가 아닌 선택 문제다.

예상 반론 부분을 가리고 있는 것과 없는 것을 비교해보세요. 어느 편이 더 설득력 있게 느껴지나요?

글을 다 쓴 후에는 처음 말하고자 했던 바가 제대로 드러났는지 다시 확인하는 것도 중요합니다. 핵심 주장을 찾아 밑줄을 그어보세요. 보통 서론과 결론에서 언급했을 겁니다. 밑줄 친 문장들이 같은 목적지를 향해 가고 있는지 점검합니다. 주장에 반대하는 입장에도 서서 질문을 던져보세요. 그에 대한 답변이 충분한지 살펴보세요.

15분 PT

설득하는 글의 개요를 만들어보자.

"성격은 노력으로 바꿀 수 있다." → 그렇다 / 아니다
"영어 교육은 취학 전에 시작하는 게 효과적이다." → 그렇다 / 아니다
"글을 잘 쓰려면 '매일' 써야 한다." → 그렇다 / 아니다
"연애 경험이 많을수록 결혼 생활 만족도가 높다." → 그렇다 / 아니다

1 위의 네 가지 주장 중 하나를 고르고 찬반 입장을 세운다. (1분)

2 그렇게 주장하는 두 가지 이유를 써본다. (4분)

3 주장을 뒷받침하는 구체적인 예를 찾아본다. (5분)

4 예상되는 반론과 이를 반박하는 이유를 간단히 써보자. (5분)

레벨 UP

개요를 바탕으로 설득하는 글을 써보자.

설득하는 글쓰기
다양한 설득 도구 써보기

주장에 설득력을 불어넣으려면 타당한 이유와 근거가 필요하다고 했습니다. 가만, 이유와 근거는 똑같은 뜻 아니냐고요? 비슷해 보이지만 달라요.

주장 수민이가 지금 한 말은 거짓이다.

이유 수민이가 나한테 거짓말을 하다 걸린 적이 수도 없이 많거든.

근거 자헌이가 수민이랑 통화하면서 녹음한 내용을 들려줬는데, 지금 한 말과 달랐어.

이유와 근거는 다르다!

눈치채셨나요? 《논증의 탄생》에 의하면 이유는 내 생각입니다. 내 머릿속에서 나온 의견이죠. 반면 근거는 내 몸 바깥에서 찾아야 합니다. 생각을 뒷받침해줄 자료, 나의 판단이 아닌 객관적인 사실이죠. 설득을 잘하려면 근거, 즉 '설득 도구'를 잘 다룰 줄 알아야 합니다.

근거로 사용하는 설득 도구

1 역사적 사실과 학설

주장을 뒷받침할 때 구체적인 사례를 들면 설득력이 높아진다고 했습니다. 역사적 사건은 누구도 반박하기 힘든 구체적인 사례입니다. '성공은 수많은 실패 끝에 얻는다'라는 주장으로 독자를 설득하려고 한다면 발명왕이자 실패왕인 에디슨의 인생을 예로 들 수 있겠죠.

'지나친 운동은 건강에 해롭다'라는 주장을 하고 싶다면, 피로가 누적되어 생긴 활성산소가 우리 몸에 미치는 영향에 관련된 학술 자료를 찾아 근거로 활용해보는 겁니다.

2 통계 수치와 실험 결과

통계는 다수로부터 얻은 객관적인 데이터입니다. 실험 결과도 마찬가지고요. 권위 있는 기관에서 공정한 방법으로 조사한 결과는 설득력이 강한 근거입니다. 백 마디 말을 늘어놓는 것보다 객관적인 수치가 더 믿음직스러워 보이죠.

그렇지만 인터넷에 떠도는 자료를 함부로 써서는 안 됩니다. 거짓으로 꾸며낸 실험 결과나 오류가 섞여 있기도 하기 때문입니다. 반드시 교차 검증을 하고 출처를 찾아보기 바랍니다. 외국 자료라면 원문을 찾아보는 게 안전합니다.

조사 기관의 명성도 중요하지만 특정 이해관계가 얽히지 않았는지도 살펴봐야 합니다. 예를 들어 원자력발전 관련 기관에서 연구한 통계조사라면 원자력의 위험성보다는 친환경적 면모에 초점을 맞춰 설계했을 확률이 높겠죠.

통계 수치나 실험 결과를 인용할 때 5년 이상 된 자료는 피하는 편이 좋습니다. 그때는 맞아도 지금은 틀릴 수 있으니까요.

3 전문가 증언

자신이 주장하고자 하는 분야를 연구한 전문가가 있으면 활용하세요. 전문가 증언은 신뢰도 높은 근거입니다. 직접 만나기 어려우면 전화나 이메일로 인터뷰하거나, 기존 인터뷰 지면을 인용하는 방법도 있습니다.

4 명언

명언은 널리 알려진 말로, 이미 많은 사람이 공감한다는 전제가 깔려 있습니다. 게다가 유명한 사람이 한 말이니 권위가 있죠. '전문가 증언'의 확장판 같은 느낌입니다. 평소 명언을 수집해둬도 좋고, 인터넷을 검색하면 편리합니다. 포털 사이트에 '명언'이라고 치면 사랑, 인생, 친구 등 주제별로 분류해 결과를 보여주니까요.

인용, 제대로 알고 제대로 써먹기

'설득 도구'는 내 지식이 아니기 때문에 출처를 명확히 밝혀야 합니다. 특히 문헌을 인용할 때는 '이 부분이 인용문이다'라고 표기해야 표절이 되지 않습니다.

인용을 할 때는 분량도 신경 써야 합니다. 내가 쓴 내용보다 인용이 월등히 많으면 오히려 설득력이 떨어집니다. 자신의 의견은 없고 짜깁기했다는 인상을 주기 때문입니다.

인용에는 직접 인용과 간접 인용이 있습니다.

1 직접 인용

직접 인용은 출처에서 원문을 그대로 가져오는 것을 말합니다. 내용 앞뒤에 인용 부호인 작은따옴표(' ')나 큰따옴표(" ")를 써서 인용한 내용을 밝혀줍니다. 세 줄이 넘어가면 내가 쓴 글과 구별하기 쉽도록 글자 크기를 줄이고 위아래, 좌우 여백을 조절해 인용문임을 나타내기도 합니다.

두 줄 이하일 때

카피라이터 정철은 그의 책 《사람사전》에서 "'지금이 농담할 때야?'라는 말을 들을 것 같을 때, 그때가 바로 농담을 내보낼 순간이다"라고 했다.

세 줄 이상일 때

글을 쓰는 데 너무 많은 시간을 뺏긴다고, 인생은 짧고 할 일은 많다고 투덜거리는 사람은《뼛속까지 내려가서 써라》를 쓴 나탈리 골드버그의 말이 위로가 될 것이다.

작가는 인생을 두 배로 살아가는 사람들이다. 먼저 첫 번째 인생이 있다. 길에서 만나는 여느 사람들처럼, 건널목을 건너고 아침에 출근하기 위해 넥타이를 매는 그런 일상생활이다. 하지만 이들에게는 생활의 또 다른 부분이 있다. 모든 것을 다시 곱씹는 두 번째 인생이다. 이들은 글을 쓰기 위해 자리에 앉을 때마다 자신의 일생을 다시 들여다보고 그 모습을 면밀하게 음미한다.[1]

1《뼛속까지 내려가서 써라》, 나탈리 골드버그 지음, 권진욱 옮김, 한문화, 2018.

2 간접 인용

간접 인용은 남이 쓴 글을 내 글에 숨겨서 사용하거나 자신의 언어로 바꿔서 쓰는 경우를 말합니다. 따로 인용 부호를 쓰지 않고 보통 각주를 답니다.

글쓰기 붐을 일으킨 나탈리 골드버그의 말[2]에 따르면, 작가인 나는 인생을 두 배로 사는 사람이다.

2《뼛속까지 내려가서 써라》, 나탈리 골드버그 지음, 권진욱 옮김, 한문화, 2018.

15분 PT

'글을 잘 쓰려면 잠을 푹 자야 한다'는 주제로 설득하는 글을 써보자. (500자 이상)

1 왜 그렇게 생각하는지 이유 세 가지를 써보자. (5분)

2 뒷받침할 근거를 어디에서 어떤 키워드로 찾을지 써보자. 시간이 되면 직접 찾아보자. (10분)

- 예) 수면 시간과 기억력, 학습 능력, 독해력의 상관관계 논문 검색
- 문헌, 설문 조사, 학술 자료, 통계 수치 활용

분량 줄이기
다 썼으면 이제 지우세요

'원고지 100매 내외', 'A4 30장 이내'처럼 분량이 정해진 글을 써야 할 때가 있습니다. 처음에는 '어느 세월에 백지를 다 채우지' 했던 사람도 막판에는 넘치는 분량을 줄이지 못해 이찔 줄 몰라 하죠. 막상 내용 일부를 빼려고 하니 없어서는 안 될 거 같고, 애써 쓴 내용을 지우는 게 아깝기도 합니다.

글 분량 줄이기는 머리가 지끈거리는 일이에요. 방송 작가로 일하면서 비슷한 고민을 자주 했죠. 프로그램에 따라 다르지만 보통 방송 분량 열 배에 가까운 촬영을 했습니다. 방대한 원본 영상 중 PD와 작가가 알짜배기만 골라서 방송 분량에 맞게 편집해야 했죠. 작가는 섭외하고 취재하느라 진을 뺐고, PD는 현장에서 직접 몸으로 부딪치며 시간을 쓴 사람이니 내용을 버리는 게 얼마나 아까웠겠어요. 하지만 편성 시간은 정해져 있으니 무조건 분량에 맞춰야 했습니다. 결국 맞췄고요.

글쓰기도 비슷합니다. 혼자 끼적이는 글이라면 상관없지만 직장에서 쓰는 보고서나 공모전에 응모하는 글 등은 분량에 맞춰야 합니다. 애초에 정해진 분량에 딱 맞게 쓰면 가장 좋겠지만 글을 쓰다 보면 그렇게 되던가요.

그렇다면 무엇을 남기고 무엇을 빼야 할까요? 글 종류에 따라 다르겠지만 저는 보통 아래와 같은 순서로 구성합니다.

흥미 유발(재미) + 중심 생각(메시지) + 여운(질문)

앞은 우선 독자를 사로잡아야 하니 흥미로워야 합니다. 그다음에 말하고 싶은 메시지를 명확하게 밝히고, 생각할 거리(질문)를 던지며 마무리합니다. 할 말만 하고 글을 끝내면 매력 없잖아요. 읽는 사람 머릿속에 작은 물음표 하나쯤 남겨두는 게 좋습니다.

그런데 초고를 다 쓰고 보니 분량이 넘쳐서 줄여야 해요. 각 문단에서 야금야금 덜어냈는데 티도 안 나요. 일순위로 빼야 할 내용은 무엇일까요. 저는 여운을 빼겠습니다.

흥미 유발 + 중심 생각

그래도 더 줄여야 한다면? 당연히 중심 생각을 남겨야 합니다.

중심 생각

물론 극단적인 예를 드는 겁니다. 줄여야 할 분량이 차고 넘칠 때 말이죠. 분량 제한 때문에 할 말을 모두 담지 못해 완성도가 떨어졌다는 변명은 접어두세요. '분량 제한'은 15일 차 훈련에서 언급했듯 '축복'입니다. 창의력을 발동시키기 때문에요.

예를 들어 A+B+C+D 문단으로 연결된 A4 1장 분량 글이 있어요. 이 글을 반으로 줄여야 한다면? 처음에는 A, B, C, D에서 25퍼센트씩 줄이려고 부단히 노력할 거예요. 하지만 글은 그렇게 단순하지 않아요. 고봉밥에서 한 숟가락 덜어낸다고 살이 빠지겠어요? 식습관을 통째로 바꿔야죠.

글에서 더 이상 뺄 만한 내용이 없다 싶으면 B를 통째로 날려버리는 거예요. 마치 처음부터 존재하지 않았던 것처럼. 그럼 문맥이 끊긴다고요? 맞습니다. 이럴 때는 A와 C를 연결할 접착제가 필요합니다. 창의력이 출동할 시간이에요. 구체적인 사례, 인용문 등 또 다른 텍스트를 찾아서 문맥을 이어줄 다리를 건설합니다. 분량을 줄이면 메시지가 응축됩니다. 군더더기가 빠지면서 글이 깔끔해집니다.

정해진 분량은 여러분을 숨 막히게 하는 적이 아닙니다. 오히려 글을 밀도 있게 만들죠. 분량에 맞춰 쓰는 연습을 해보세요. 해법을 찾아가는 과정에서 새로운 아이디어가 솟아오릅니다. 무엇이 중요하고 덜 중요한지 선별하는 안목이 생깁니다.

15분 PT

그동안 쓴 글 중 500자 내외의 글을 하나 골라 분량을 반으로 줄여본다. 15일 차나 17일 차 미션 때 쓴 글 활용 가능!

1 '흥미 유발 + 중심 생각 + 여운'으로 문단을 재배치한다. (2분)

2 '여운'을 지운다. (2분)

3 그래도 더 줄여야 한다면 '흥미 유발'을 지운다. (2분)

4 내용이 유기적으로 흐르도록 사례나 인용문 등을 넣어서 다듬는다. (8분)

5 인터넷 검색창에 '글자 수 세기'를 입력한 후, 텍스트를 복사해 넣어 글자가 300자 이하로 줄어들었는지 확인한다. (1분)

고쳐 쓰기 1단계
주제를 강조하는 문단 고쳐 쓰기

헤밍웨이마저 초고를 '쓰레기'라고 부르는데, 확인 한번 안 하고 바로 글을 끝내는 사람은 없겠죠? 글 쓰는 사람은 이중인격자가 되어야 합니다. 초고를 쓸 때는 작가로, 고쳐 쓰기를 할 때는 냉정한 독자로 가면을 바꿔 쓰는 겁니다. 내가 쓴 글이지만 남이 쓴 글처럼 거리를 두고 읽어가면서 고쳐야 합니다. 글을 잘 쓰려면 최대한 많이 고쳐야 한다고 생각합니다. 초고를 다 쓰고 나면 비로소 고쳐 쓰기라는 본게임을 시작하는 거죠.

초고를 쓸 때는 너무 오래 고민하지 않습니다. 머리에 떠오르는 생각을 있는 그대로 글로 옮기되 맞춤법이나 구성도 크게 신경 쓰지 않습니다. 초고를 쓸 때 의식해야 할 점은 오직 내 글이 향하는 목적지, 주제뿐입니다. 주제에서 벗어나지 않겠다는 다짐은 글을 마칠 때까지 꼭 붙들고 있어야 합니다. 북한산 정상으로 향하던 사람이 등산로를 둘러갈 순 있어도 한라산으로 가버리면 곤란하잖아요. 물론 벗어나도 다시 고쳐 쓰면 그만입니다만.

내가 창조한 쓰레기를 가만히 살펴봅니다. 얼굴이 빨개질 만큼 엉망이죠. 논리적이지도 않고 중언부언에 무슨 말을 하려는 건지도 모르겠고요. 누구나 그렇습니다. 괜찮아요, 아직 내 초고를 본 사람은 나뿐이니까요.

저는 고쳐 쓰기를 크게 두 단계로 나눕니다. 1단계는 '문단 고쳐 쓰기', 2단계는 '문장 고쳐 쓰기'입니다. 1단계에서는 큰 흐름, 구성을 살펴보며 주제가 잘 드러나는지 확인합니다. 2단계에서는 문장 하나하나를 보기 좋게 다듬습니다. 목공예로 치면 초고는 작품 도안을 그리는 일이고, 문단 고쳐 쓰기는 전체적인 틀을 조각하는 일, 문장 고쳐 쓰기는 세부 묘사를 하고 사포를 문지르는 단계라고 할까요.

오늘은 1단계 '문단 고쳐 쓰기'를 훈련해보겠습니다.

글 한 편은 보통 문단 여러 개로 이루어져 있죠. 문단은 문장 여러 개가 모인 덩어리, '이야기 토막'입니다. 한 문단에는 '중심 생각(메시지)'이 하나만 있어야 합니다. 중심 생각을 담은 문장을 '중심 문장'이라 하고, 중심 문장을 도와주는 문장을 '뒷받침 문장'이라고 합니다.

> **나이가 들면 눈물이 많아진다.** 경험이 쌓이기 때문이다. 열 살에 이별의 아픔을 알기 힘들고, 스무 살에 자식을 떠나보낸 부모 심정을 헤아리기 힘들다. 서른 살에 노년의 고독을 어렴풋이나마 짐작한다면, 예순이 넘어서는 남 일 같지 않을 것이다. 취직, 결혼, 이혼, 사별같이 출생부터 죽음에 이르기까지 인생사를 겪으며 인간은 공감 능력이 점점 더 깊어진다.

앞 문단에서 '중심 생각'은 '나이가 들면 공감 능력이 높아져서 눈물이 많아진다'이고, '중심 문장'은 '나이가 들면 눈물이 많아진다' 입니다. 그 뒤에 나오는 문장은 모두 '뒷받침 문장'입니다. 한 문단에 중심 생각이 하나만 들어 있죠?

이제 아래 문단을 보세요.

> 나이가 들면 눈물이 많아진다. 경험이 쌓이기 때문이다. 열 살에 이별의 아픔을 알기 힘들고, 스무 살에 자식을 떠나보낸 부모 심정을 헤아리기 힘들다. **① 나이가 들수록 다양한 경험을 하고 공감의 폭이 넓어진다.** 물론 **② 사람마다 공감 능력은 다르다.** 어린 나이에 부모를 잃으면 이별의 아픔을 누구보다 빨리 겪을 수도 있다. 인간은 감정을 지닌 동물이기 때문이다.

한 문단 안에서 '나이가 들수록 다양한 경험을 하고 공감의 폭이 넓어진다'와 '사람마다 공감 능력이 다르다'는 두 가지 생각이 상충합니다. 한 문단에 중심 생각이 하나여야 하는데 말이죠. 이럴 땐 문단을 나눠줘야 합니다.

> 나이가 들면 눈물이 많아진다. 경험이 쌓이기 때문이다. 열 살에 이별의 아픔을 알기 힘들고, 스무 살에 자식을 떠나보낸 부모 심정을 헤아리기 힘들다. 나이가 들수록 다양한 경험을 하고 공감의 폭이 넓어진다.
>
> 물론 **사람마다 공감 능력은 다르다.** 어린 나이에 부모를 잃으면 이별의 아픔을 누구보다 빨리 겪을 수도 있다. **인간은 감정을 지닌 동물이기 때문이다.**

이처럼 줄 바꿈을 합니다. 그런데 여전히 어색합니다. 쓸데없는 문장이 끼어 있기 때문이죠. '인간은 감정을 지닌 동물이기 때문이다'는 '사람마다 공감 능력은 다르다'라는 중심 생각을 뒷받침하지 않습니다. 서로 무관한 이야기를 하고 있어요. 그러면 빼버립니다. 이처럼 문단마다 중심 생각은 하나만 남기고, 중심 생각을 돕지 않는 내용은 없앱니다.

다음은 구성을 검토합니다. A-B-C-D, 네 문단으로 연결된 글이 있으면 각 문단을 뜯어서 위아래 순서를 바꿔가며 조립해보는 겁니다. 가령 B-A-C-D나 D-A-B-C 순서로 문단 배치를 바꿔보는 거죠. 고쳐 쓰기를 하려고 글을 다시 살펴보면 어떤 문단이 가장 호기심을 끄는지 눈에 들어옵니다. 보통 가장 매력적인 문단을 첫머리로 가져옵니다. 물론 문맥이 매끄럽게 이어진다는 전제가 필요합니다. 문단을 통으로 옮겼으면 흐름이 자연스러운지 다시 한번 살피며 다듬어야 합니다.

마지막으로 애초에 하고자 했던 말(주제)이 글에 모자람 없이 드러났는지 살펴봅니다. 문단마다 중심 생각이 하나이고, 중심 생각은 모두 최종적으로 내가 하고자 한 말로 향하고 있는지 점검합니다. 없느니만 못한 문단은 통으로 지우고, 내용 보완이 필요한 문단은 2단계 '문장 고쳐 쓰기'에서 손질합니다.

1단계, 문단 고쳐 쓰기

1 한 문단에 중심 생각이 하나인가?

두 개 이상이면 문단을 나눈다.

2 문단에 쓸데없는 문장이 끼어 있지 않은가?

중심 문장을 뒷받침하지 않는 문장은 지운다.

3 문단 순서는 주제를 전하는 데 효과적인가?

매력적인 문단을 앞으로 가져온다.

문맥을 자연스럽게 다듬는다.

4 각 문단은 주제를 향하고 있는가?

불필요한 문단은 통째로 지운다.

1~4를 반드시 순서대로 할 필요는 없습니다. 눈으로 빠르게 훑어 내리면서 보이는 부분부터 고쳐갑니다. 1단계 고쳐 쓰기만 제대로 해도 글이 어느 정도 보기 좋은 형태가 됩니다. 적어도 "그래서 무슨 말을 하고 싶은 거야?"라는 소리는 듣지 않을 거예요.

15분 PT

자신이 기존에 쓴 1,000자 내외의 글을 하나 골라 1단계 고쳐 쓰기를 해 본다. (각 단계 시간제한은 재량껏)

1 한 문단에 중심 생각이 하나인가?

2 문단에 쓸데없는 문장이 끼어 있지 않은가?

3 문단 순서는 주제를 전하는 데 효과적인가?

4 각 문단은 주제를 향하고 있는가?

고쳐 쓰기 2단계

간결하고 정확한 표현으로 문장 고쳐 쓰기

오늘은 고쳐 쓰기 2단계, '문장 고쳐 쓰기'를 해보겠습니다. 1단계 '문단 고쳐 쓰기'로 글의 큰 흐름을 잡고 주제를 도드라지게 했다면, 문장 고쳐 쓰기는 문장 하나하나를 세밀하게 들여다보면서 매만지는 일입니다. 한 번으로는 턱없이 부족하죠. 여유가 있으면 여러 번 고치고 또 고치세요. 저는 '고쳐 쓰기'를 얼마나 많이 해야 적당한지 모르겠습니다. 다시 볼 때마다 예외 없이 고칠 문장이 눈에 띄거든요. 하도 많이 읽어서 글이 꼴도 보기 싫어질 정도면 충분하지 않을까요?

글을 고칠 때는 뜻을 조금이라도 더 정확하게 전달하는 데 목표를 둡니다. 문장이 간결해서 잘 읽히며 오해를 불러일으키지 말아야 합니다. 다음 세 가지 기준으로 문장을 고쳐보세요.

빼기(-) 더하기(+) 바꾸기(↔)

1 무엇을 뺄까?

문장에 없어도 관계가 없는 수식어부터 뺍니다. 대표적으로 부사와 접속사가 있습니다.

- 나쁜 습관은 물들기 정말 너무 쉽다.
  → 나쁜 습관은 물들기 쉽다.
- 나는 그냥 마음이 아렸다.
  → 나는 마음이 아렸다.
- 사실 나의 입장에서 말하자면 일할 때 창의력은 굉장히 중요하다.
  → 일할 때 창의력은 중요하다.
- 배가 고팠다. 그래서 냉장고를 뒤졌다.
  → 배가 고파 냉장고를 뒤졌다.

뜻이 같은 단어를 연달아 쓴 표현도 걸러냅니다.

- 2인용 커플 의자
  → 커플 의자
- 고요한 적막
  → 적막
- 구운 꽁치구이
  → 꽁치구이

굳이 설명하지 않아도 누구나 알 만한 내용은 뺍니다.

- 우리 오빠는 얼마 전, 누구나 겪는 실연이라는 경험을 했다.
  → 얼마 전 우리 오빠는 실연했다.
- 상대를 위해 하는 선의의 거짓말은 용서받아야 한다.
  → 선의의 거짓말은 용서받아야 한다.

복수 개념이 담긴 단어에 붙은 복수형 접미사 '들'은 없앱니다.

- 의료진 여러분들 감사합니다.
  → 의료신 여러분 감사합니다.
- 우리들이 만난 지도 3년이 됐다.
  → 우리가 만난 지도 3년이 됐다.

연구 논문에서 볼 법한 '~에 대한', '~에 대해서', '~에 관해서'를 뺍니다. 글이 늘어질뿐더러 딱딱한 느낌을 줍니다.

- 아무 이유 없이 상대에 대한 오해를 하지 말자.
  → 아무 이유 없이 상대를 오해하지 말자.
- 사랑에 관해서 논하는 일은 단순하지 않다.
  → 사랑을 논하는 일은 단순하지 않다.

위와 같은 이유로 불필요하게 쓰인 한자어 '적', '화', '성'도 지웁니다.

- 사회적 현상으로 자리 잡았다.
  → 사회현상으로 자리 잡았다.
- 임시적으로 진행하겠습니다.
  → 임시로 진행하겠습니다.
- 새로운 방향성을 찾아야 했다.
  → 새로운 방향을 찾아야 했다.

의존명사 '것' 남발도 줄입니다. 너무 많으면 뜻이 흐려지고 방지턱을 넘어가듯 덜그럭거려서 잘 읽히지 않습니다.

- 지금까지 해온 것처럼 앞으로도 꾸준히 지속할 것이다.
  → 앞으로도 지금처럼 꾸준히 하겠다.
- 당황한 것은 사실이지만
  → 당황했지만

2 무엇을 더할까?

중학생도 이해할 만한 내용인지 가늠해봅니다. 나는 잘 안다고 얼렁뚱땅 넘어간 부분이나 보충 설명이 필요한 곳은 단어나 문장을 더합니다.

- 작가들은 종종 '데우스 엑스 마키나'의 유혹을 받는다.
  → 작가들은 종종 '데우스 엑스 마키나(연극에서 결말을 초자연 힘으로 해결하는 수법)'의 유혹을 받는다.
- 휴가철인데 여행을 못 가니 우울했다.
  → 휴가철인데 코로나19 확산으로 여행을 못 가니 우울했다.

주어나 목적어가 빠지지 않았는지 확인해야 합니다.

- 빨리 오라고 해서 내 마음도 바빠졌다.
  → 엄마가 빨리 오라고 해서 내 마음도 바빠졌다.
- 우리는 세 시간 동안 집중해서 보았다.
  → 우리는 세 시간 동안 영화를 집중해서 보았다.

3 무엇을 바꿀까?

너무 긴 문장은 내용을 이해하기 힘듭니다. 한 문장을 두 문장이나 세 문장으로 쪼갭니다.

- 누나라는 죄로 근처 술집 중 서른 명 가까이 되는 사람이 앉을 수 있는 곳을 뒤져서 병원 뒷골목의 한 건물 지하에 있는 허름한 일식 주점을 가까스로 찾아냈다.

→ 누나인 게 죄였다. 서른 명이 앉을 만한 술집을 찾아야 했다. 병원 뒷골목에서 가까스로 허름한 일식 주점을 찾아냈다.

한 문장이 너무 길거나 복문을 쓰면 '주어－술어', '목적어－술어' 호응이 어긋나기도 합니다. 이런 예를 찾아 바로잡습니다.

- 김 선생님은 보고서 작성을 위한 글쓰기 수업을 3일 동안 진행되었고 학생들에게 큰 호응을 얻었다.
  → 김 선생님은 보고서 작성을 위한 글쓰기 수업을 3일 동안 진행했고 학생들에게 큰 호응을 얻었다.
- 내 꿈은 그림을 열심히 그려서 반 고흐나 고갱 못지않은 화가가 되고 싶다.
  → 나는 그림을 열심히 그려서 반 고흐나 고갱 못지않은 화가가 되고 싶다.
- 나도 모르게 재채기와 눈물을 흘렸다.
  → 나도 모르게 재채기가 나고 눈물이 흘렀다.

자신의 생각은 단호하게 표현해도 괜찮습니다. '~한 거 같다', '~처럼 느껴졌다'는 말은 자신감이 없게 느껴져요.

- 그때 나는 당황한 거 같았다.
  → 그때 나는 당황했다.
- 친구 사이에 이렇게까지 할 필요는 없다고 느꼈다.
  → 친구 사이에 이렇게까지 할 필요는 없다.

늘어지고 가독성이 떨어지는 영어 번역 투(할 수~, 위한, 불구하고) 문장도 가능하면 우리식으로 바꿉니다.

- 어디서도 할 수 없는 소중한 체험들이었다.
  → 어디서도 하지 못하는 소중한 체험이었다.
- 건강을 위해 운동을 시작했다.
  → 건강하고 싶어서 운동을 시작했다.
- 끊임없는 노력에도 불구하고 실패했다.
  → 끊임없이 노력했지만 실패했다.

소극적이고 무책임한 느낌을 주는 피동 표현은 능동형으로 고칩니다. 그러려면 정확한 사실관계 확인은 필수겠죠.

- 회의를 통해 기발한 아이디어가 얻어졌다.
  → 회의를 하다가 기발한 아이디어가 떠올랐다.
- 오랜 경험에 의해 깨닫게 됐다.
  → 오랜 경험 덕에 깨달았다.
- 올해 중국 경제성장률은 5퍼센트대라고 전해졌다.
  → 올해 중국 경제성장률은 약 5퍼센트다.

문맥과 어울리지 않는 어색한 단어, 자신이 의도한 뜻을 정확히 담지 못한 단어도 바꿉니다. 사전에서 유의어를 찾아봐도 좋겠죠?

◦ 기분이 꿀꿀할 때는 몸을 움직이는 게 최상인 것 같다.

→ 꿀꿀할 때는 몸을 움직이는 게 최고다.

◦ 독서는 삶의 토양이다.

→ 독서는 삶의 자양분이다.

문장을 고칠 때 '더하기'보다는 '빼기'를 하는 일이 훨씬 많습니다. '바꾸기'도 문장을 간결하게 만들곤 하므로 빼기에 가깝습니다. 탁월한 문장가 이태준 선생은 《문장강화》에서 '있어도 괜찮을 말을 두는 너그러움보다, 없어도 좋을 말을 기어이 찾아내 없애는 신경질이 글쓰기에선 미덕이 된다'고 말했습니다. 불필요한 요소를 덜어내려고 눈에 불을 켜고 찾는 일이 바로 고쳐 쓰기인 셈입니다.

마무리 Tip!

◦ 문장을 고친 후에는 반드시 소리 내어 읽어보세요. 읽다가 흐름이 끊기거나 이상하게 느껴지는 부분이 있다면 그 부분을 더 고쳐 써야 한다는 뜻입니다.

◦ 글을 온라인에 올린 후 가능한 한 여러 디바이스를 활용해서 읽어보세요. 손바닥만 한 스마트폰으로 볼 때와 넓은 PC 화면으로 볼 때, 종이로 출력해서 볼 때 모두 느낌이 다르거든요. 어색한 문장, 안 보이던 오·탈자가 보입니다.

15분 PT

아래 예시처럼 빼기·더하기·바꾸기를 생각하며 옆 장의 글을 고쳐 보자. (15분)

글쓰기 모임 회원 김창O 님의 고쳐 쓰기 예

~~흐리게 삭제 표시~~: 삭제된 수식어를 비롯한 불필요한 내용
주황색: 추가된 단어
밑줄: 중심 문장

아무런 감흥이 없었다. 그때 나는 너무 어렸기 때문이다. ~~감흥이 없었다는 사실이 기억이 나는 것이, 역설적으로 큰 감정적 동요가 있었음을 말해주는 거라지만 너무나 큰~~ 충격에 ~~나의~~ 기억이 왜곡된 게 아니라면, 그 순간 나는 울기는커녕 아무 말도 하지 못했다. ~~그냥~~ 멍하니 선생님을 바라보고 있었을 뿐이다. ~~그때~~ 내가 하고 싶은 말이 있지만 하지 못한 걸까. 아니면 할 말을 잃었던 걸까. ~~그건~~ 기억이 잘 나질 않지만, 어차피 결과는 같았다. 빌어먹을 원인 따위, 서늘한 결과 앞에서는 하나도 중요하지 않았다.

상처를 치유하는 글쓰기

살면서 크고 작은 마음의 상처들을 안 받아본 사람은 없을 것 같다. 그럼에도 불구하고 세월이 흐르면 상처가 아문다고 하지만 시간은 생각만큼 빠르지 않다. 그러므로 나는 마음의 상처를 치유하는 방법으로 글쓰기를 추천한다.

글은 생각을 정리하는 도구인데 끔찍했던 기억은 보통 여러 가지 감정이 복잡하게 얽혀 있기 마련이고 당시의 기억을 더듬어 분노, 슬픔, 억울함 등을 차분하게 써 내려가는 일이 처음에는 쉽지 않다. 하지만 쓰면서 깨달을 수 있다. 내가 느꼈던 감정에 대해서 차분히 곱씹다 보면 감정의 실타래가 풀어지면서 나를 더 잘 알게 되고 상대를 이해하게 된다. 어느새 꽁꽁 얼었던 마음이 녹게 된다. 그리고 글에 사람들의 공감 댓글이 달리면 정말 너무 큰 위로가 될 것이다.

사회적 동물인 인간은 남과 비슷하다는 사실을 끊임없이 확인하며 안도하는 존재이므로 상처를 끌어안고 있을 때는 오롯이 혼자다. 하지만 밖으로 꺼내면 달라진다. 사실은 '나 이렇게 힘들었다'고 표현하자. 역시 말보단 글이 덜 쑥스럽다. 감정을 잘 정리하고 사람들에게 응원을 받으면 상처는 더 빨리 치유될 수 있을 것이다.

다음 장에서 확인

상처를 치유하는 글쓰기

살면서 크고 작은 마음의 ~~상처들을~~ 안 받아본 사람은 ~~없을 것 같다.~~
상처를(복수형) 없다.(자신 없는 표현)
~~그럼에도 불구하고~~ 세월이 흐르면 상처가 아문다고 하지만 시간은
(번역 투)
생각만큼 빠르지 않다. ~~그러므로~~ 나는 마음의 상처를 치유하는 방법
으로 글쓰기를 추천한다.

글은 생각을 정리하는 ~~도구인데~~ 끔찍했던 기억은 보통 여러 가지 감
다.(긴 문장 끊기)
정이 복잡하게 얽혀 ~~있기 마련이고~~ 당시의 기억을 더듬어 분노, 슬
있다.(긴 문장 끊기)
픔, 억울함 등을 차분하게 써 내려가는 일이 처음에는 쉽지 않다. 하
지만 쓰면서 ~~깨달을 수 있다.~~ 내가 느꼈던 감정~~에 대해서~~ 차분히 곱
깨닫는다.(번역 투) 을(딱딱한 표현)
씹다 보면 감정의 실타래가 ~~풀어지면서 나를 더 잘 알게 되고 상대를~~
풀리면서(피동형)
~~이해하게 된다.~~ 어느새 꽁꽁 얼었던 마음이 ~~녹게 된다. 그리고~~ 글에
나와 상대를 이해하게된다.(비슷한 의미 통합) 녹는다.(피동형)
~~사람들의~~ 공감 댓글이 달리면 ~~정말 너무~~ 큰 위로가 ~~될 것이다.~~
된다.('것' 지양)
사회적 동물인 인간은 남과 비슷하다는 사실을 끊임없이 확인하며
안도하는 존재~~이므로~~ 상처를 끌어안고 있을 때는 ~~오롯이~~ 혼자다. 하
다.(긴 문장 끊기)
지만 밖으로 꺼내면 ~~달라진다. 사실은~~ '나 이렇게 힘들었다'고 표현하
다르다.(피동형)
자. ~~역시~~ 말보단 글이 덜 쑥스럽다. 감정을 잘 정리하고 사람들에게
응원을 받으면 상처는 더 빨리 ~~치유될 수 있을 것이다.~~
치유될 것이다. / 치유되지 않을까.(번역투)

피드백으로 기름 붓기

어느덧 글쓰기 PT 21일 차, 마지막 날이네요! 오늘만 잘해내면 여러분도 '강한 문장'을 쓰는 사람이 됩니다. 벌써 설렌다고요?

글쓰기 근육 중 어느 부위가 얼마나 발달했느냐에 따라 쉬운 날도, 다소 버겁게 느껴지는 날도 있었을 거예요. 그런 상황에 관계없이 포기하지 않고 20일 동안 달려온 것만으로도 훌륭합니다. 1일 차보다 글쓰기 근력이 꽤 늘었을 거라 확신합니다. 옆에 있다면 어깨라도 주물러주고 싶네요.

오늘은 '글쓰기 고수'로 향하는 험준한 여정에 꼭 들러야 하는 코스, '피드백'을 다루고자 합니다. 내 글을 누군가에게 평가받아본 적이 있나요? 아마 학교를 졸업하고 나서는 거의 없었을 거예요. 생각만 해도 벌거벗겨진 기분이 들고 심장이 떨리죠. 내 글이 남들 눈에 형편없어 보일까 봐 걱정되고요. 한편으로는 내심 기대도 합니다. 공감해줄까, 하고요.

저에게는 글쓰기 사수가 여럿 있었습니다. 방송 작가는 여전히 도제식 교육을 받거든요. 처음에는 보통 취재 작가(서브 작가)로 일을 시작하는데, 짧은 구성안이나 원고를 쓰고 메인 작가에게 보여준 뒤 피드백을 받습니다. 앞서 설명한 1~2단계 고쳐 쓰기를 첨삭 형태로 받는 겁니다.

얼굴이 화끈거릴 만큼 빨간 펜 교정 일색이었죠. 메인 작가 손을 거치자 평범했던 구성이 흥미롭게 바뀌었고, 죽었던 문장은 생기 있게 살아 움직였습니다. 비결이 무엇일까 궁금했어요. 고쳐준 구성과 문장을 하나하나 분석해보았죠. '아, 이렇게 쓰면 더 명확하구나', '말하듯 쓰는 문장은 이런 거구나' 하고 깨달았습니다. 점점 노하우가 쌓이면서 이제는 스스로 고쳐 쓰기를 하는 데 무리가 없습니다. 10여 년 동안 사수에게 1:1 글쓰기 피드백을 받다니 꽤 괜찮은 직업이죠?

글은 많이 썼다고 '획기적'으로 발전하지 않습니다. 20년 넘게 자취 요리를 했다고 누구나 호텔 셰프가 되는 건 아니잖아요. 피드백 없이 오래 쓰면 잘못된 습관이 몸에 배어도 알아차리지 못해 개선하기 힘듭니다. 피드백은 글쓰기 프레임을 바꿉니다. 지금까지 생각했던 것과 전혀 다른 방식으로 내 글을 바라보게 되죠. 자기 자신을 정확하게 알게 되니 단점을 효과적으로 고칠 수 있습니다. 그래서일까요, 글쓰기를 철저하게 가르치기로 유명한 하버드 대학에서도 학생들이 서로 피드백을 주고받으며 글 다듬는 과정을 반복한다고 합니다.

'강한 문장'을 쓰려면 3단계 피드백이 필요합니다.

1단계 : 셀프 피드백

2단계 : 독자 피드백

3단계 : 전문가 피드백

1 셀프 피드백

학창 시절에 공부 좀 하는 친구들 비결을 아세요? 하나같이 '오답 노트'를 쓰고 있더군요. 글쓰기는 표현 '습관'입니다. 보통 늘 써온 방식을 고수하기 쉽고 같은 실수를 반복합니다. '다음엔 이렇게 쓰지 말아야지' 했다가도 금세 잊습니다. 자신이 자주 틀리는 부분을 제대로 인지하지 못했다는 뜻이에요.

'메타 인지metacognition'라는 심리학 용어가 있습니다. 쉽게 풀이해 '내가 아는 것과 모르는 것이 무엇인지 아는 능력'을 뜻합니다. 내가 아는 것과 모르는 것부터 분리해야 합니다. 지난 시간에 '문장 고쳐 쓰기' 훈련을 할 때, 무엇을 빼고 더하고 바꿀지 배웠죠? 자신이 자주 반복하는 안 좋은 글쓰기 습관을 모아서 정리해두세요. 마치 오답 노트처럼요. 그리고 고쳐 쓰기 할 때 꺼내 체크리스트로 활용합니다. 나중에는 오답 노트를 들춰보지 않아도 고칠 문장이 보입니다.

2 독자 피드백

혼자 고군분투하면 외롭잖아요? 슬슬 독자 앞으로 나와서 피드백을 받아보세요. 블로그나 SNS처럼 온라인 오픈 플랫폼에서 글을 쓰라는 뜻입니다. 불특정 다수와 댓글을 주고받으면서 어떤 글을, 어떤 형식으로 썼을 때 호응이 좋은지도 관찰해보세요.

조금 더 적극적인 방법도 있어요. 글쓰기 모임에 참여해보는 겁니다. 마음이 잘 맞는 글벗을 만나면 서로 솔직하게 조언도 해줍니다. 공개적으로 '제 글에 어떤 피드백이라도 좋으니 남겨주세요' 하고 글 말미에 달아보세요. 서로 껄끄러우면 비공개 댓글을 활용하는 방법도 있습니다.

3 전문가 피드백

좀 더 객관적이고 날카로운 피드백을 받으려면 글쓰기 전문가를 찾아 나서야 합니다. 여기서 말하는 전문가란 글쓰기를 수년 이상 업으로 삼아온 사람을 뜻합니다. 여러분의 강점과 약점을 예리하게 짚어주고 방향을 설정해줄 거예요. 물론 글쓰기에 절대적으로 옳은 기준은 없으니 전문가마다 판단이 다를 수 있습니다. '내가 지향하는 글 스타일'에 맞는 사람을 찾으면 됩니다.

시간과 비용이 들지만 한두 번은 시도해봤으면 합니다. 헬스장을 떠올려보세요. 남들이 하는 동작을 눈대중으로 보고 따라 하는 사람과 전문 트레이너에게 몇 번이라도 PT를 받아본 사람은 자세부터 다릅니다.

15분 PT

셀프 피드백에 활용할 '고쳐 쓰기 체크리스트'를 만든다.

1 내 글 하나를 골라 반복해서 쓰는 못난 표현을 찾는다. (10분)

예) '~하는 것' 사용이 잦음 / 피동형 많음 / 지나치게 긴 문장 / 매번 틀리는 맞춤법 등

2 중요도나 효율에 따라 순서대로 메모장에 리스트를 적어본다. (5분)

예) • 고쳐 쓰기 체크리스트

- 한 문단에 하나의 중심 생각만 있는가?
- 피동형 문장은 없는가?
- '~대해서'가 꼭 필요한가?
- 상투적인 표현은 없는가?
- 불필요한 수식은 없는가?

...

글쓰기와 운동이 무슨 상관?

소설가 무라카미 하루키는 한 인터뷰에서 이런 말을 했다고 합니다.

"작가는 군살이 붙으면 끝장이에요."

방금 '아, 저는 이미 끝장이군요'라고 생각했나요? 저 역시 10년 가까이 취미로 운동을 했지만 군살은 있습니다. 마음을 가라앉히고 속뜻을 살펴보자고요. 마라톤 광으로도 유명한 하루키는 30년 넘게 매일 10킬로미터씩 달렸다고 합니다. 오죽하면 묘비명에 '작가(그리고 러너)'라고 써달라 했을까요. 어니스트 헤밍웨이는 복싱을 취미로 삼았다고 하죠. 자유로운 영혼의 소유자로 불리는 예술가들이 철저하게 시간을 관리하며 꾸준히 운동했다는 이야기는 아이러니합니다.

그런데 운동을 해보니 그 이유를 알겠어요.

① 체력이 달리면 글에 성의가 없어진다

글쓰기는 정신적인 활동인 동시에 육체노동입니다. 단순히 키보드를 두드리는 행위를 뜻하는 게 아니에요. 뇌를 끊임없이 가동해야 합니다. 두개골에 싸여 눈에 보이지 않을 뿐 뇌도 신체 기관임을 잊어서는 안 됩니다. 체력이 떨어지면 사고 능력도 떨어집니다. 한마디로 둔해져요. 지난주에는 술술 써지던 글이 오늘은 갑자기 막힌다면, 머릿속에서 정확한 단어나 문장을 끄집어내기가 힘들다면 컨디션이 안 좋은지 의심해보세요. 탄탄한 글을 쓰려면 적합한 자료가 바탕이 되어야 하는데, 자료를 찾는 노력도 쉽게 그만두죠. 그래서 필력은 체력이라는 말도 있어요.

② 유산소운동은 생각하는 힘을 길러준다

특히 유산소운동은 인지능력 향상에 도움을 준다는 연구 결과가 있습니다. 핀란드 위배스퀼레 대학 헤이키 카이누라이넨 교수는 '달리기 등 유산소운동을 한 쥐 그룹은 거의 움직이지 않는 쥐 그룹에 비해 해마 신경세포가 2~3배 많이 생성됐다'고 밝혔습니다. 해마는 인지능력과 관계 깊은 뇌 부위입니다. 인지능력은 사고력, 이해력, 문제 해결력뿐 아니라 창의력을 포함합니다. 엉덩이를 오래 붙이고 있다고 새로운 발상이 떠오르는 건 아니에요. 막힐 땐 움직이세요!

③ 꾸준한 운동은 인내심과 자신감을 길어 올린다

어릴 때 피아노 많이 배우죠? 피아노를 배우면 피아노만 잘 치는 게 아니랍니다. 무언가를 꾸준히 하는 힘, 일명 '습관 근육'이 키워진다고 해요. 무언가를 꾸준히 하는 행위는 '무언가'뿐 아니라 '꾸준히 하는 힘' 자체를 점점 강력하게 만들어준다는 것이죠.

운동의 기본값은 '힘듦'입니다. 가만히 있으면 편한데 몸을 움직여 땀이 나도록 버텨야 하니까요. 그 과정에서 인내심이 길러집니다. 협상 테이블에 앉은 두 자아가 끊임없이 귓가에 속삭여요. '오늘은 여기까지만 할까?', '아냐, 5분만 더 해보자', '1킬로미터만 더 가보자', '열 번만 더 해보자'. 운동과 글쓰기는 놀라우리만큼 닮았습니다. 시작은 어렵지만 막상 몰입하면 어느덧 즐깁니다. 중간중간에 포기하고 싶은 유혹이 밀려오는데, 이를 떨쳐내고 한 발자국씩 나아가는 일이 바로 운동이고 글쓰기입니다.

그렇게 또 한고비를 넘기면 '힘들지만 오늘도 해냈구나' 하는 만족감이 차오릅니다. 만족감은 선순환을 일으켜 다음을 기약하게 만듭니다. '저번에도 힘들지만 해냈어' 하는 자신감은 '오늘도 분명 해낼 거야' 하는 자기 확신으로 바뀝니다.

5장

강한 문장 써먹기

강한 문장으로 이메일 쓰는 법

21일 글쓰기 PT를 모두 마쳤습니다. 처음 시작했을 때보다 글쓰기에 자신감이 생겼나요? 강한 문장을 쓸 때 필요한 글쓰기 근육을 골고루 키웠으니 이제는 실전에 임해봅시다. 직장에서나 평소 자주 쓰는 글에 강한 문장을 유용하게 써먹을 수 있도록 조금 더 깊이 파고들어가 보는 시간을 가지려 합니다.

직장에서 가장 자주 쓰는 글은 아마도 이메일 아닐까요? 사내 소통은 물론, 외부와 협력할 때도 내용이 휘발되기 쉬운 전화나 메시지보다는 책임 소재가 명확한 메일을 주로 사용합니다. 대학생이나 프리랜서도 마찬가지고요.

메일은 업무 내용을 전달하는 도구지만 일하는 사람의 수준을 보여주기도 합니다. 대외적으로 보내는 메일은 자신뿐 아니라 회사의 첫인상을 결정하기도 하니 더욱 신중해야 합니다. 요점을 알아보기 힘들게 작성한 메일은 소통을 더디고 불확실하게 만들어 업무에 차질을 빚게 하기도 합니다. 오·탈자나 띄어쓰기 실수 등이 잦으면 만나기도 전에 신뢰를 잃습니다.

21일 글쓰기 PT를 마친 당신은 이제 강한 문장을 쓸 줄 압니다. 앞으로 업무용 메일을 보낼 때도 강한 문장으로 쓰세요. 강한 문장은 '잘 읽히고, 공감이 가며, 주제가 명확한 글'이라고 배웠습니다. 잊지 않았죠? 메일도 상대방에게 잘 읽히고 와 닿아야 하며 하고자 하는 말이 분명해야 합니다.

김 팀장님께 메일을 써보자!

우선 이메일 로그인부터 하세요. 실제로 메일을 보내듯 작성해볼 거예요. 파일 첨부-본문 쓰기-제목 쓰기-수신자 쓰기 순으로 진행합니다.

1 파일 첨부하기

'받는 사람 메일 주소'나 '메일 제목'부터 쓸 줄 알았는데, '파일 첨부'를 가장 먼저 하라니 의외라고요?

이런 경험이 한 번쯤 있을 거예요. '[진짜 기획안] 죄송합니다, 첨부 파일 빠졌네요. 이걸로 봐주세요(꾸벅)'. 마음씨 좋은 상사라면 한두 번은 넘어가주겠죠. 하지만 같은 실수를 반복하면 곤란합니다. 허술한 사람으로 낙인찍히면 회사 생활이 피곤하잖아요. 실수를 예방하는 확실한 방법! 메일을 열고 파일부터 첨부하는 거죠.

읽는 사람을 배려해 PDF 파일도 같이 첨부해보세요. 모바일에서 봐야 할 경우 없는 앱을 일일이 깔지 않아도 되니 불편을 덜어주겠죠?

2 본문 쓰기

① 인사와 자기소개

상대방의 시간을 아껴준다고 다짜고짜 본론부터 말하면 내 본심과 달리 예의 없거나 차가운 사람으로 보일 수도 있어요. 메일도 '대화'잖아요. 사람을 만났을 때 가장 처음 하는 말, 인사는 해야죠.

> 김 팀장님, 안녕하세요.
> ○○기획 김선영입니다.

자신의 소속과 이름을 밝힌 후, 한두 문장 정도 날씨나 근황 안부로 시작하세요. 서먹한 분위기를 풀고 부드러운 인상을 줍니다.

> 그새 날씨가 많이 쌀쌀해졌네요.
> 그동안 잘 지내셨는지요.
> 지난번 보내주신 자료는 감사히 받아보았습니다.

② 전달할 내용

강한 문장이 출동할 차례! 잘 읽히는 글을 쓰려면 되도록 짧게,

두괄식으로 써야 합니다. 업무에 따라 메일을 수십 통, 수백 통 받는 사람도 있을 테니 용건만 빠르게 확인하기 좋도록 정리하는 거죠. 내용이 다닥다닥 붙어 있으면 핵심을 파악하기 힘듭니다. 줄 간격을 적당히 띄고 말머리에 번호를 붙이면 보는 사람이 편합니다.

> 이번 회의 일정이 나와서 알려드립니다.
>
> 1. 회의 개요
> 일시: 2021년 6월 1일(화) 오후 2시
> 장소: ○○회의실 B룸
> 안건: 2분기 마케팅 실적 보고 및 분석
>
> 2. 요청 사항
> 5월 29일까지 회의 자료를 PPT 형식으로 전송 부탁드립니다.
>
> 3. 주차
> 지하 1층 주차장 이용, 주차권은 출입문 안내 데스크에서

상대방에게 무언가를 요청하려 한다면 반드시 마감일을 명시해야 합니다. '빠른 시일 내에', '준비가 되시는 대로'와 같은 표현은 서로 기준이 달라 오해를 불러일으키니 피하세요.

첨부 파일이 있으면 파일을 첨부했다는 사실을 본문 마지막에 알려주어 누락되지 않도록 챙깁니다.

> 자세한 회의 일정과 내용은 첨부 파일 확인 부탁드립니다.

③ 마무리

헤어질 때 인사를 하듯, 전할 내용을 다 썼으면 인사를 합니다. 보낸 사람 이름을 다시 한번 언급하며 마무리합니다.

> 그럼 회의 날 뵙겠습니다.
> 감사합니다.
> ○○기획 김선영 드림

3 제목 쓰기

본문을 모두 작성했다면 이제 제목으로 갑니다. 제목은 한눈에 들어오도록 길지 않아야 해요. 3~4어절로 핵심을 정리합니다. 대괄호 안에 말머리를 달면 상대방이 메일 목적을 알아차리기 쉽고 나중에 다시 찾아보기도 편합니다. 말머리에는 보통 메일을 보낸 목적이나 소속 기관을 넣습니다.

> [공유] ○○기획 2분기 마케팅 회의 건
> [○○기획] 2분기 마케팅 회의 건

말머리 예

소속 강조: [기관명] [회사명] [팀명]

목적 강조: [보고] [요청] [공유] [견적 문의]

그 외: [중요] [긴급] [보안 주의] [11회 원고] [기획안]

4 수신자 쓰기

자, 드디어 마지막 단계! 받는 사람 메일 주소를 넣어야죠. 수신자를 가장 마지막에 넣는 이유는 메일을 다 쓰지 않았는데 실수로 전송하거나, 잘못된 수신자에게 보내는 일을 막기 위해서입니다.

보내기

받는 사람

참조

숨은참조

보내는 이름

제목

파일첨부

수신자는 '받는 사람', '참조', '숨은 참조'로 나누어져 있습니다.

받는 사람은 메일과 직접 관련이 있는 사람으로, 여러분이 행동을 요청하는 당사자, 앞으로도 메일을 주고받을 사람입니다.

참조에는 간접적으로 관련이 있지만 굳이 답장을 주고받을 필요는 없는 사람을 넣습니다. 만약 직접적인 관계자가 자리를 비우거나 휴가를 가면 참조자가 업무를 대신할 수 있겠죠? 참조에 여러 명을 넣어야 한다면 직급순으로 쓰는 게 관례입니다.

숨은 참조는 함께 메일은 받지만 '받는 사람'이 그 메일 주소를 볼 수 없습니다. 업무 내용을 알고 있어야 하는 사이인데 받는 사람 모르게 전달하고 싶을 때, 불특정 다수에게 단체 메일을 보낼 때 유용합니다. 개인 정보인 메일 주소가 모르는 사람에게 유출되면 안 되니까요.

자, 이제 그럼 메일 발송 버튼을…, 누르기 전에!

잠깐, 확인하셨나요?

- 수신자 메일 주소가 정확한가요? 영어 스펠링, 숫자를 혼동하진 않았나요?
- 설마 첨부 파일이 빠진 건 아니겠죠?
- 참조나 숨은 참조를 제대로 넣었나요?
- 본문 내용에 오·탈자가 없나요?
- 문단이 답답해 보이진 않나요? 적당한 줄 바꿈으로 가독성을 높여주세요.

모두 확인했다면 발송 버튼을 꾹 누르세요. 김 팀장님이 센스 있는 당신 덕에 빠르게 일을 처리했다며 고마워할 거예요.

마지막으로 하고 싶은 말이 있습니다. 업무 메일에 유독 한자어를 많이 쓰는 것 같아요. 예를 들어 금일, 익일, 차주, 당사, 귀사 같은 표현 말이에요. 영어도 많이 쓰죠. 리스트업하고 디벨로프해서 어레인지해보겠다고 하잖아요. 이런 말을 쓰면 '있어' 보이나요? 전혀 그렇지 않아요. 정확한 소통에 방해가 되고 우리말을 오염시킬 따름이죠. 그 전까지는 그렇게 써왔다고 하더라도 우리가 바꿔보자고요.

'차주 말고, 다음 주까지 부탁드려요.'

카드뉴스로 써보는 홍보문

홍보 팀이 아니더라도 사무를 보다가 홍보 글을 써야 하는 일이 종종 있습니다. 보도 자료나 대내외 프로젝트 참여자 모집 글, 교육이나 행사 안내, 때에 따라서는 팀원 모두가 머리를 싸매고 캠페인 문구를 지어야 할 때도 있고요. 특히 1인 기업인 프리랜서에게 홍보는 생존을 가름하는 일이죠.

홍보 목표는 무언가를 상대방에게 **1** 알리고, **2** 생각과 행동을 변화시키는 겁니다. 기관이나 기업 이미지를 알리는 일, 어떤 상품이나 서비스의 매력을 드러내 구매를 유도하는 일처럼 말이죠. 그것을 글로 표현하면 홍보문이고요.

오늘은 홍보문에서 중요한 세 가지 요소를 살펴보겠습니다. 이해하기 쉽게 구체적인 사례를 가정해보겠습니다. 주제는 '온라인 책 쓰기 모임으로 시작하는 셀프 브랜딩'입니다. 개요를 먼저 작성해봅시다.

1 왜 지금인가?

책 출간은 글쓰기에 관심이 많은 사람이라면 누구나 관심을 갖고 있습니다. 그러니 '왜 하필 지금'인지 강조해야 합니다. 시대적 의미를 만들어내는 것이죠.

> **평생직장이라는 개념이 사라졌다.**
>
> 이직이 잦고 은퇴가 빠른 시대. 회사가 나를 평생 책임져주지 않는다. 앞으로는 직장인이 아닌 직업인으로 살아야 한다. → 셀프 브랜딩이 필수인 시대!

> **출간하기가 쉬워졌다.**
>
> 등단해야만 출간하는 시대는 끝났다. 소셜 미디어와 글쓰기 디지털 플랫폼의 도움을 받아 누구나 작가가 될 수 있다. 책은 내 콘텐츠를 널리 알리고 권위를 부여하는 도구다. → 책 출간은 강력하고 손쉬운 셀프 브랜딩 방법

2 무엇이 다른가?

찾아보면 온라인 글쓰기나 책 쓰기 모임이 꽤 많습니다. 그렇다면 그중에서도 이 모임을 왜 선택해야 하는지, 차별화된 무기는 무엇인지 독자가 주목하겠죠? 그 궁금증을 풀어줘야 합니다.

출간 작가의 1:1 첨삭 피드백

직접 책을 내본 작가가 온라인 모임에서 1:1 첨삭 피드백을 해주는 모임은 많지 않다. 개인별 맞춤 코칭으로 콘텐츠가 지닌 잠재력을 끌어내고 약점은 보완한다.

매일 글을 쓰는 환경 설정

책을 쓰려면 주제를 관통하는 충분한 글을 확보해야 한다. 온라인 커뮤니티에서 '매일' 글쓰기를 인증하는 시스템, 글쓰기 제출 횟수 미달 시 강제 퇴장 규정 등을 만들어 게을러지지 않게 한다.

합리적인 가격

수십만 원에서 수백만 원을 호가하는 기존 출판 교육 비용에 비해 가성비가 매우 뛰어나다.

3 어떤 혜택이 있는가?

기존 모임에서 보지 못한 장점으로 호감을 얻었다면, 이번엔 직접적으로 독자에게 어떤 이득이 있는지 쐐기를 박을 차례입니다. 혜택은 구체적일수록 좋습니다.

- 100일 후, 원고가 완성되어 투고하거나 독립 출판한다.
- 100일 동안 매일 글쓰기 인증률 100퍼센트 달성하면 참여비 10퍼센트

> 환급.
> ◦ 출간 후 유튜브나 클럽하우스를 통해 온라인 북 토크 및 홍보 지원.

정리해볼까요?

홍보문이 답해야 할 세 가지 질문

① 왜 지금인가?

② 무엇이 다른가?

③ 어떤 혜택이 있는가?

위 세 가지 질문에 충실히 대답할 수 있다면 읽는 이의 마음을 움직일 겁니다.

이제 개요를 바탕으로 홍보문을 쓸 차례입니다. 모바일 환경에 유리한 '카드뉴스' 형식으로 시도해봅시다. 카드뉴스란 이미지 중심으로 정보를 전하는 뉴스입니다. 작은 스마트폰 화면 안에서도 내용을 효과적으로 전달할 수 있어 SNS에서 많이 쓰이죠. 정사각형 이미지에 짧은 문장 몇 개가 올라가 있고, 한 장씩 넘겨가면서 읽는 방식입니다.

뉴스라는 이름이 붙었다고 언론사에서만 사용하는 것은 아니에요. 기업에서 상품이나 서비스를 스토리텔링 형식으로 광고할 때, 관공서에서 정책을 알기 쉽게 홍보할 때, 프리랜서가 자신의 콘텐츠를 판매할 때 등 온라인 홍보 수단으로 자주 쓰입니다.

짧고 가벼운 카드뉴스 글은 말랑말랑하게 써도 좋습니다. 아리스토텔레스가 말한 설득의 3요소, 기억하죠? 로고스, 에토스, 파토스 중 파토스(감성)를 활용하는 것이죠. 파토스는 듣는 사람의 심리 상태를 뜻합니다. 즉 나에게 호감을 느끼도록 해야 합니다.

독자 마음을 움직이는 요소

① 감정이입

② 친근감

'감정이입'은 "요즘 ○○ 때문에 고민하고 있죠?" 하고 독자의 욕구를 건드리는 것입니다. 즉 나는 당신 마음을 잘 헤아리고 있다고 먼저 말을 거는 것이죠. 그러려면 최근 사회 화두가 무엇인지, 사람들의 주된 관심사는 무엇이며 어떤 고민을 하는지 평소에 눈과 귀를 활짝 열어두어야 합니다.

'친근감'은 허물없는 말투를 뜻합니다. 물론 비즈니스 문서나 공적인 글에 쓰기는 어렵겠지만, 형식에 비교적 제한이 없는 글, 카드뉴스 등에서는 써볼 만합니다. 친근한 어투는 보이지 않는 서로를 좀 더 가깝게 만들어주어 마음을 열게 합니다.

가령 내 이름이 걸린 첫 책을 출간하고 싶은 사람은 이런 고민을 하지 않을까요?

'책을 내려면 무엇부터 해야 하지? 목차를 먼저 써야 하나? 제목을 먼저 지어야 하나? 원고 분량은 얼마나 돼야 할까? 출판사는 어떻게 만나지?'

| 고민 출간 프로세스가 궁금하다.

감정이입을 해서 상대방 마음을 그대로 글로 옮겨봅니다. 그리고 친한 친구에게 말을 건네듯 친근한 어투로 써보는 거죠.

| **감정이입** 책 쓰기, 어디서부터 어떻게 시작해야 할지 막막하다고요?
| **친근감** 책 쓰는 방법을 모르겠다고요? 하나부터 열까지 떠먹여드림!

'책을 내려면 우선 글부터 써야 하는데 자꾸만 게을러지네. 이러다 또 올해를 넘기겠어. 매일 조금씩이라도 꾸준히 글을 쓸 방법은 없을까.'

| **고민** 나약한 의지를 다잡고 싶다.
| **감정이입** 남들은 잘만 하던데, 왜 나만 이렇게 매일 글쓰기가 힘들까요?
| **친근감** '프로 작심삼일러'인 내가 매일 글 쓰고 책까지 낸 비법!

자, 이제 앞에서 짠 개요와 감정을 움직이는 요소를 잘 버무려 카

드뉴스를 만들어보겠습니다. 온라인에서 검색해보면 카드뉴스 제작을 지원하는 사이트가 많습니다. 적당한 이미지를 고르고 샘플 문구만 원하는 문장으로 바꾸면 되니 간단하죠. 조금만 연습하면 누구나 쉽게 다룰 수 있습니다. 저는 캔바Canva라는 그래픽디자인 도구 웹사이트에서 무료 템플릿을 주로 활용합니다.

한눈에 쏙 들어오는 카드뉴스 홍보문을 뚝딱 만들어봤습니다. 생각보다 쉽고 재미있어요. 마치 내가 마케터나 디자이너라도 된 듯 뿌듯합니다. 꼭 한번 시도해보세요!

마지막으로 홍보문을 쓸 때 명심해야 할 점이 있어요. 혜택을 강조하는 것도 중요하지만 정확한 정보와 객관적인 사실을 바탕으로 글을 써야 한다는 점입니다. 독자를 사로잡겠다는 욕심에 내용을 지나치게 부풀리거나 왜곡하면 잠깐은 속일 수 있어도 곧 실체가 들통나기 마련입니다. 잔뜩 기대하고 뚜껑을 열었는데 별 볼 일 없으면 얼마나 실망스럽겠어요. 배신감마저 듭니다.

글은 나 자신을 비추는 거울이에요. 조금이라도 찜찜한 느낌이 들면 잘못된 것입니다. 글쓰기 앞에서 항상 떳떳한 사람이 되길 바랍니다.

한 번에 통과하는 기획서, 이것만은 꼭 기억하세요

'기획'이라는 말만 들어도 깜짝깜짝 놀란다고요? 사회 초년생을 벗어나도 여전히 어렵고 부담스러운 업무가 기획입니다. 특히 기획서나 제안서 마감일이 다가오면 초조함에 잠을 못 이루기도 하죠.

목적에 따라, 대내용인지 대외용인지에 따라 다르겠지만 기획서의 목적은 과제 해결입니다. 고객이나 상사 등에게 효과적인 해결방법을 제시하며 '설득하는 글'이죠. 언제나 그랬듯 누군가를 설득하는 일은 쉽지 않아요. 더구나 사업을 따내기 위해 쓰는 제안서라면, 쟁쟁한 경쟁자가 수없이 달라붙어 함께 구애 작전을 펼칠 텐데 개중에 눈에 띄어야 하니까요.

그렇다고 너무 걱정할 필요는 없습니다. 차근차근 하나씩 해결해가는 겁니다. 당신은 강한 문장을 쓰기 때문에 설득력 있는 기획서를 충분히 완성할 수 있습니다. 다음 세 가지 질문을 꼭 기억해서 작성해보세요.

1 누구를 설득하는가?

모든 글은 '독자 맞춤'으로 쓰는 게 좋습니다. 제안서나 기획서도 마찬가지예요. 설득해야 하는 대상을 먼저 다방면으로 분석합니다.

예를 들어 관공서에 보내는 제안서라면 담당 지역 특색을 먼저 조사해야 합니다. 그 지역 역사나 문화, 관행, 최근 정책 방향 등을 분석해서 최대한 정확한 요구를 파악합니다. 아무래도 보수적인 경우가 많지만 새로운 시도를 갈망하는 경우도 적지 않습니다. 예산 범위 안에서 '우리는(우리 회사는) 이런 것도 시도할 수 있다' 하는 포부를 보여줘야 합니다.

사내 팀장이 요청한 기획서라면 '팀장 맞춤형'으로 쓰길 추천합니다. 팀장의 성향을 잘 파악하는 것이 도움이 됩니다. 과제를 얼마나 잘 이해하는지, 무엇에 중점을 두는지, 평소 문서를 꼼꼼하게 살펴보는 편인지 아니면 문서보다는 말로 직접 설명 듣기를 원하는지에 따라 기획서 구성을 다르게 합니다.

예를 들어 지시자가 이미 과제의 중요성을 아는 상태라면 굳이 추진 배경을 쓰는 데 긴 지면을 할애할 필요가 없겠죠. 차라리 구체적인 실행 전략을 쓰는 데 공들이는 편이 효율적이고 효과적입니다.

2 목적이 무엇인가?

목적은 과제를 하는 근본적인 이유입니다. '설마 내가 목적도 모르겠냐'고 발끈하겠지만, 글을 쓰다 보면 산으로 가버리는 경우가 적지 않아요. 기획 목적을 파악하는 일은 첫 단추를 끼우는 일이에요. 기획 목적을 과대 해석하거나 오해하면 자료 수집부터 엉뚱한 길로 가고 기획서는 결국 쓸모없는 종이 뭉치가 됩니다.

입찰 제안서라면 선택받는 게 주목적입니다. 보통 분량이 상당하죠. 제안 배경, 제안 목적, 기대 효과, 제안사 소개, 사업 수행 전략, 추진 계획, 운영 방안, 전담 인력 등 섹션이 많아 수백 페이지를 넘기기도 합니다. 경쟁 업체가 다수라면 평가자는 이를 세세하게 읽어보기 힘듭니다. 그런 만큼 광고 문안처럼 강렬한 헤드라인을 구성해 한눈에 기획 의도를 파악하도록 써야 합니다. 일일이 문장으로 풀기보다는 이미지를 넣은 스토리보드를 적절히 활용해 직관적으로 이해하도록 돕습니다.

제안서나 기획서를 이루는 구체적인 항목도 저마다 목적에 충실하게 작성해야 합니다. 최소한 '무엇what을 왜why 해야 하는지'는 반드시 설명해야 합니다. '출간 기획서'를 예로 들면, 목적은 기획 의도가 되겠죠. 이 책의 목적(기획 의도)은 'why 글쓰기에 자신 없는 직장인이 많다. what 글쓰기 습관과 능력을 길러주는 21일 글쓰기 PT를 통해 그들이 글쓰기에 자신감을 갖도록 만든다'입니다.

3 콘셉트가 명확한가?

콘셉트가 빠진 기획은 정수 처리한 물처럼 밍밍합니다. 콘셉트는 기획 수혜자가 얻는 이익, 전하고자 하는 핵심 메시지를 두루 아우

르고 관통하는 방향성을 뜻합니다. 똑같은 과제라도 콘셉트에 따라 전혀 다른 문서가 나옵니다. 하물며 콘셉트를 제대로 정하지 않고 쓰기 시작하면 중구난방 조잡한 기획서가 됩니다.

예를 들어 똑같은 다이어트 식품이라도 '날씬한 몸매'를 강조하느냐, '건강'에 초점을 맞추느냐에 따라 기획서 내용이 달라집니다. 이를 정하지 않고 시작하면 이도 저도 아닌 이야기가 되는 것이지요. '건강'으로 정했다면, '무엇을 향한 건강'인지 '어떻게 다른 건강'인지를 한 문장이나 한 단어로 표현할 수 있어야 합니다.

명확한 콘셉트에 지금껏 보지 못한 새로운 요소가 담겨 있으면 금상첨화입니다. 늘 생각하던 방식으로는 번뜩이는 아이디어를 떠올리기 힘들겠죠. 창의적인 콘셉트를 떠올리려면 관련 분야의 전문성을 키워야 할 뿐만 아니라, 인문학적 소양을 쌓고 최신 트렌드에도 밝아야 합니다. 과거, 현재, 미래까지 멀리 안테나를 뻗어보세요. 당신도 미네랄 풍부한 생수처럼 신선한 기획서를 쓸 수 있습니다. 제가 작성한 기획서를 공유합니다. 세 가지 질문이 어떻게 들어가 있는지 보세요.

출간 기획서

1 **가제/부제** 콘셉트가 명확한가?

콘셉트를 잘 다듬으면 책의 제목이 됩니다.

→ 아침이 행복한 김 대리(성공한 사람들의 아침 활용법)

2 저자 프로필

저자의 경험이나 경력을 책과 연관시켜서 작성

3 분야

온라인 서점 사이트 국내 도서 카테고리 참고

4 기획 의도 ~~목적이 무엇인가?~~

책이 세상으로 나와야 하는 목적, 즉 기획 의도입니다. 무엇what 이 왜why 출간되어야 하는지를 세 줄 내외로 간결하게 씁니다.

→ why 직장인은 매일 아침 시간에 쫓긴다. 오전을 어떻게 보내느냐에 따라 당신의 하루, 아니 인생 전체가 달라진다. what 오전을 제대로 활용해 주도적인 삶을 사는 사람들의 비법을 알려준다.

5 주요 독자층 ~~누구를 설득하는가?~~

"어떤 음식이 맛있냐?"는 질문에 "전부 맛있다"고 대답하는 식당은 엉터리이듯, 모든 사람이 관심을 갖는 책이란 없습니다. 주요 독자층을 설정하고 이들을 분석합니다. 핵심 독자와 확산 독자로 나누어서 작성합니다.

* 핵심 독자: 주요 타깃으로 삼는 독자 연령대, 성별과 직업 등
* 확장 독자: 주요 타깃 외에도 이 책에 관심을 보이리라 예상되는 독자의 특징

→ 핵심 독자: 매일 아침, 가까스로 지각을 면하고 만성피로에 시달리는 3040 직장인, '더는 이렇게 살 수 없다'며 미라클 모닝을 다짐하지만 작심삼일로 그치는 이들

→ 확장 독자: 자기 계발에 관심이 많은 MZ 세대, 일과 육아에 파묻혀 살며 자신을 찾고 싶어 하는 3040 워킹 맘

6 경쟁 도서

내가 기획한 책과 비슷한 내용이나 스타일의 기존 책 세 권 찾아보기

7 목차

총 30개 꼭지를 꾸리고 다섯 개의 장으로 묶어보세요.

책보다 더 재미있는 서평 쓰기

마음에 드는 책을 만나면 주위에 알리고 추천하고 싶죠. 앞으로는 "대박, 그 책 좀 짱인 듯. 꼭 읽어봐" 하지 말고 강한 문장으로 남기세요. 무엇이 좋고 유익했는지, 반면 무엇이 아쉬웠는지 서평을 쓰자는 뜻입니다.

우선 개념부터 짚고 갑시다. 독후감과 서평은 어떻게 다를까요?

독후감	서평
◦ 책을 읽고 느낀 점을 주관적으로 쓴 글 ◦ 책 내용과 내 생각을 정리하려는 목적	◦ 책의 가치를 객관적으로 평가하는 글 ◦ 독자가 책을 읽거나 읽지 못하도록 설득하려는 목적

비슷한 듯 다르죠? 가르마 타듯 둘을 정확하게 나누긴 힘들어요. 아무리 객관적으로 평가한다고 해도 글을 쓴 사람의 배경지식과 편향이 녹아들기 마련이니까요. 내용을 요약하고 인용문을 선택하는 일도 이미 주관적이죠.

직업이 '서평가'가 아닌 이상, 굳이 둘을 구분할 필요가 있을까 하는 게 제 생각입니다. 좋은 책은 내용을 곱씹어 깨달은 바를 정리하면서 오래오래 기억하고 싶고(독후감), 동시에 그 가치를 주변에 널리 알리고 추천(서평)하고 싶잖아요.

저는 독후감과 서평 사이에서 글을 씁니다. 다만 두 가지는 꼭 지키려고 합니다.

첫째, 요약만 하지 않는다.
둘째, 감상(평가)만 쓰지 않는다.

책 내용을 그대로 요약만 하는 일은 AI도 할 수 있어요. 요약하면서 발견한 깨달음을 나의 언어로 번역해야 합니다. 그렇지 않으면 요약은 의미가 없을뿐더러 기억에 남지도 않습니다. 반대로 요약은 하나도 없이 내 의견만 쓴다면 독후감이나 서평이라기보다는 에세이에 가깝지 않을까요? 요약과 감상, 평가는 균형 있게!

이왕이면 재미있게 쓰세요. 독후감이든 서평이든 일단 읽혀야 할 것 아닙니까. 혼자만 보려고 쓴 독후감이라고 해도 결국은 내가 읽을 거니까 재미있으면 좋잖아요.

+ 재미있을 것

또 서평에는 어떤 내용이 들어가야 할까요?

서평에 들어가면 좋은 내용

1 읽은 계기

서평 도입부에 이 책을 읽게 된 계기를 씁니다. 예를 들어 '독서 모임 책으로 선정됐다', '믿을 만한 전문가에게 추천받았다', '관련 분야 지식이 부족해서 공부를 하려고 샀다' 등의 내용입니다. 서평을 쓰는 사람이 그 책에 어느 정도 능통한지 보여주는 단서가 되겠죠. 예비 독자는 이를 감안하며 서평을 읽고 책을 사는 데도 참고할 수 있습니다.

2 책 제목이 적절한가?

책 제목은 본문의 골자를 담아내고, 예비 독자의 눈길을 사로잡아야겠죠. 책 제목이 본문 내용과 잘 어울리는지, 읽고 싶을 만큼 매력적이었는지, 그렇지 않다면 그 이유가 무엇인지 써봅니다.

3 목차는 유기적인가?

목차는 책 전체 구성을 보여줍니다. 각 장이 유기적으로 연결돼 있는지, 지나치게 튀거나 따로 노는 꼭지는 없는지, 목차 제목이 각 꼭지 내용을 담고 있는지도 살펴봅니다. 책을 다 읽고 나서 처음으로 돌아가 목차를 훑어보면 새롭게 보이는 부분이 있을 거예요.

4 저자나 작품의 시대 배경 소개

저자 소개를 간단히 넣습니다. 누구나 알 만한 국내 작가라면 굳이 설명할 필요 없지만, 해외 저자나 특정 분야 전문가가 쓴 책이라면 어떤 사람인지 한두 줄이라도 정보를 주는 것이 친절합니다.

저자의 직업은 특정한 프레임으로 작용할 수 있으므로, 예비 독자가 이를 미리 알면 책을 읽으면서 비판적인 시각을 유지할 수 있습니다. 고전이라면 작품의 시대 배경이나 사회 · 문화적 맥락을 공부해서 곁들여보세요. 수준 높은 서평이 완성되겠죠?

5 표지나 본문 형식

매일 수많은 책이 쏟아지는 만큼, 조금이라도 더 눈에 띄려고 새로운 형식을 시도한 책이 많습니다. 표지 느낌은 어떤지, 서술 방식은 평어체인지 경어체인지, 본문에 삽화가 얼마나 들어 있는지, 구성에 아포리즘이나 편지 형식을 활용했는지, 여백이 많은지, 그런 형식이 내용과는 잘 어울렸는지 등 본문 내용 외에도 서평에 담을 거리가 풍부합니다.

6 책을 추천하는 사람

책을 다 읽고 나면 '이 책은 이런 사람에게 딱이다' 하는 생각이 들 때가 있죠. 서평을 읽는 사람에게 이로운 정보이니 꼭 써주세요. 예를 들어 '재테크를 시작하고 싶어서 경제 입문서를 찾고 있는 금

융 문맹인', '인간관계에 지쳐 위로가 필요한 대리급 직장인', '인생 2막을 계획 중인 예비 퇴사자'가 보면 좋을 책이라고요. 서평을 읽는 사람이 꼭 당사자는 아니어도 주변에 추천해줄 수 있겠죠.

이런 내용만 들어가도 서평 틀을 얼추 갖춥니다. 다음은 내용을 요약하고 생각을 곁들이는 방법을 소개하겠습니다. 제가 실제로 서평을 썼던 방법을 시뮬레이션하듯 알려줄게요.

글밥 코치가 서평을 쓰는 방법

1 구체적인 사례에서 시작하자

제가 서평을 쓴 책은 《똑똑한 사람들의 멍청한 선택》입니다. 노벨 경제학상을 받은 미국 행동경제학자이자 《넛지》 저자 리처드 탈러의 책입니다. 굉장히 두껍고 경제 용어가 많아 '어떻게 하면 이 책을 쉽게 소개할 수 있을까' 고심했습니다.

이 책은 행동경제학 역사를 저자의 자서전 형식으로 구성했어요. 연대기별로 어떤 실험과 연구를 했는지 중점으로 서술합니다. 그중 재미있는 사례 하나가 눈에 띄었습니다. 연회비라는 매몰 비용(회수할 수 없는 비용) 때문에 사람들이 코스트코에서 과소비를 한다는 이야기가 무척 공감이 됐습니다. 내가 재미있고 공감이 간다면 다른 사람도 그럴 확률이 높다고 생각했죠. 이 사례를 활용해 서평을 써보자고 생각하니 서평 제목(+할 이야기)이 툭 튀어나왔습니다.

'우리가 코스트코에 갈 수밖에 없는 이유.'

서평 제목 같지 않다고요? 하지만 서평 제목이라고 반드시 '○○을 읽고'로 지어야 할 필요는 없습니다. 책이 전하는 메시지를 상징적으로 보여주는 제목이 더 좋습니다. 상징은 보통 본문에서 뽑아내죠. 6일 차 PT '이런 제목은 짓지 마세요'에서 소개했듯 우선 구미가 당겨야 글을 읽고 싶잖아요. 코스트코에 한 번이라도 가본 사람이라면, 그렇지는 않더라도 평소 관심 있던 사람이라면 이 서평을 읽고 싶지 않을까요?

도입부는 굳이 기름값을 들여 코스트코까지 가서 과소비를 한 다음 후회하고, 일주일 후 똑같은 행동을 반복하는 저의 어리석은 경험담으로 시작했습니다. 스토리텔링은 언제나 독자를 끌어들이는 강력한 무기니까요. 그리고 본론으로 들어갑니다.

'어리석은 실수를 반복한 이유를 이 책에서 찾았다.'

2 모으고, 나누고, 버리고, 보태기

자, 이제 책 내용을 요약할 차례입니다. 600장에 달하는 방대한 책을 2,000~3,000자 서평에 녹여내려고 합니다. 만약 책이 깨끗했다면 막막하겠죠. 다행히 저는 책을 펼칠 때부터 서평을 염두에 두며 읽었습니다. 읽으면서 마음에 와 닿은 문장엔 밑줄을 그어두었고, 그때그때 떠오르는 단상을 문장 옆에 메모해둔 것이죠. 장 전체가 중요하면 인덱스 스티커를 붙여 표시해놓았습니다.

테이프를 붙이거나 밑줄 그은 부분은 전부 컴퓨터에 타이핑합니다. 전자책이라면 바로 복사해 붙여 넣기를 해도 되겠죠? 그러면 꽤 많은 양의 텍스트가 모입니다. 이제부터가 중요합니다. 텍스트를 쭉 훑어보며 머리를 굴립니다. 성격이 비슷한 내용끼리 묶는 작업입니다.

텍스트에서 소주제를 몇 개 끌어냅니다. '희망 소비자가격에 숨어 있는 비밀'과 '속기 쉬운 소비 심리'를 소주제로 정했습니다. 각각의 소주제와 관련된 텍스트는 블록으로 드래그해서 같은 성격끼리 한 문단으로 묶습니다. 분류하다 보면 어디에도 끼지 않는 내용이 나옵니다. 그런 건 미련 없이 지워버립니다. 아까우면 다른 파일에 모아서 보관해두세요. 언젠가 쓸모 있을지도 모르니까요.

문단을 나눴으면 다음 단계는 소주제로 묶은 텍스트에 내 의견을 곁들일 차례입니다. 인상적이었던 이유, 새롭게 알게 된 사실, 풀리지 않는 의문, 구성에서 아쉬운 점, 비슷한 경험이 있다면 사례도 덧붙입니다.

행동경제학을 다룬 다른 책과 비교하면 더 훌륭하겠죠. 가능한 한 같은 분야 다른 책도 많이 읽어보고 저작 사이에서 그 책이 갖는 위상과 의미는 무엇인지 써봅니다.

마지막으로 이 책을 추천하고 싶은 대상과 그 이유를 씁니다. 책을 추천하고 싶지 않은 대상이 있다면 그 내용도 적습니다.

매번 서평을 이런 방식으로 쓰기는 힘듭니다. 시간과 품이 많이 드니까요. 책 내용을 완벽하게 씹어 먹고 싶다면 추천하는 방법입니다. 서평이 매력적인 이유는 쓰는 사람에게도, 읽는 사람에게도 도움이 되기 때문이죠. 쓰는 사람에겐 지식이 남고, 읽는 사람은 자신에게 필요한 책을 찾을 수 있습니다. 내용이 재미있다면 서평 자체를 즐길 수도 있고요. 마치 영화 프로그램에서 예고와 하이라이트를 일부러 찾아보듯 말입니다.

'서평 쓰기' 고민 상담소

Q. 책을 읽고 서평을 남기고 싶은데 너무 바빠서 시간이 안 나요. 어쩌죠?

A. 한 줄 평은 어떨까요. 영화 평론가처럼 나만의 기준을 세워 별점도 매겨보고요.

Q. 책 분량이 너무 많아서 요약하기가 힘듭니다.

A. 각 장이 끝날 때마다 요약해보세요. 두꺼운 책은 읽는 기간이 길어지면서 내용의 흐름을 놓치기 쉽습니다. 각 장이 끝날 때마다 주요 내용과 생각을 정리해서 메모해두면 도움이 됩니다. 정거장처럼 잠시 멈췄다 가는 거죠.

또 다른 방법은 책 전체가 아닌 인상 깊었거나 할 얘기가 많은 부분만 요약하는 것입니다. 서평이라고 반드시 책 전체를 다루라는 법은 없습니다.

지금 읽고 있는 그 책, 이번 기회에 서평을 한번 써볼까요?

브런치에서 내 책 출간하기

1 왜 브런치인가

앞에서 글을 꾸준히 쓰려면 온라인에 글쓰기 공간을 만들라고 했습니다. 저는 그중에서도 카카오의 글쓰기 플랫폼 '브런치'를 추천합니다. 이유는 크게 두 가지예요. 첫 번째는 플랫폼 형태가 글쓰기 좋게 꾸려져 있다는 점, 두 번째는 출간 기회를 열어준다는 점입니다. 첫 번째는 지난 쉬는 시간에 이야기했으니 오늘은 두 번째 이유로 들어가볼게요.

브런치에서 글을 발행하려면 '브런치 작가'로 승인받아야 합니다. 글쓰기에 열정과 실력을 어느 정도 갖춘 사람들이 모인다는 뜻이죠. 최소한 광고 범벅이거나 맞춤법이 엉망인 글은 찾아보기 힘듭니다. 자신만의 콘텐츠나 무기를 가진 사람들이 브런치로 모입니다. 직업(노하우, 퇴사, 스타트업, 인간관계, 자기 계발), 가족(연애, 결혼, 육아, 이혼, 졸혼), 문화(여행, 영화, 책, 건축, 스포츠), 예술, 재테크, 요리 등 주제도 각양각색입니다.

작가 발굴에 목이 마른 출판사 관계자는 브런치를 자주 들여다볼 수밖에요. 숨은 원석을 찾으려고 돋보기를 들이댑니다. 그래서인지 브런치에 글을 올렸을 뿐인데 첫 책을 냈다는 고백을 수없이 듣습니다. 1년에 한 번 열리는 '브런치북 공모전'에서 성과를 거두는 사람도 있고요. 《90년생이 온다》, 《하마터면 열심히 살 뻔했다》, 《무례한 사람에게 웃으면서 대처하는 법》 같은 베스트셀러 역시 브런치에서 발굴한 작품이죠.

저 역시 브런치에서 첫 책을 냈습니다. 처음부터 책을 낼 생각으로 글을 쓰진 않았어요. 그때만 해도 출간은 남의 이야기라고 생각했으니까요. 그저 제 이야기를 나누고 싶어서 꾸준히 써서 올렸습니다. 1년 동안 출판사 여섯 곳에서 출간을 제안했고, 그중 두 곳과 계약했습니다. 이런 과정을 거치는 것이 직접 투고하는 것보다 출간 가능성이 높은 듯합니다. 내가 손을 내미는 것과 상대방이 먼저 찾아오는 것은 시작부터 다르니까요.

2 브런치 작가 심사에 통과하려면?

브런치에서는 누구나 글을 쓸 수 있지만, 글을 공개적으로 발행하려면 '브런치 작가'로 뽑혀야 합니다. 그 전까지는 글을 올려도 내 글을 나만 읽을 수 있습니다. 일기처럼요. 브런치 작가를 신청하고 단번에 통과하는 사람이 있는 반면 칠전팔기하는 사람도 있습니다. 겁먹을 필요는 없어요. 자기소개와 활동 계획서를 일목요연하게 쓰면 누구나 통과할 수 있습니다. 제가 알려드리는 팁을 활용해보세요.

01. 작가소개

작가님이 궁금해요.

작가님이 누구인지 이해하고 앞으로 브런치에서 어떤 활동을 보여주실지 기대할 수 있도록 알려주세요.

02. 작가소개

브런치에서 어떤 글을 발행하고 싶으신가요?

브런치에서 발행하고자 하는 글의 주제나 소재, 대략의 목차를 알려주세요.

자기소개는 이렇게!

내 직업이나 경력 위주로 씁니다. 직업에 크게 할 말이 없거나 직업이 없다면 '나'를 상징하는 키워드를 정해보세요. 예를 들어 취미로 요가를 오랫동안 했다면 '운동하는 사람'이 나를 상징하는 키워드 중 하나겠죠. 술을 너무 사랑한 나머지 술의 종류, 역사, 맛집까지 꿰고 있다면 애주가로서 이력을 자랑해보세요. 글자 수 300자 제한이 있으니 두괄식으로 간결하게!

브런치 활동 계획, 미리 걱정하지 마세요

앞서 쓴 자기소개가 활동 계획에도 잘 드러나면 좋습니다. 가령 방송 작가로 나를 소개했으면 활동 계획에는 '작가 지망생에게 실질적인 도움을 주는 글쓰기 팁을 쓰겠다'는 내용으로, 애주가로 나를 소개했으면 나라별, 지역별 술 이야기를 목차로 꾸려보는 거죠. 역시 300자 안에 내용을 담아야 하니 목차 제목을 돋보이게 지어야 합니다.

많은 사람이 궁금해할 만한, 즉 포털 사이트에 검색할 만한 내용으로 목차를 꾸리는 것도 좋은 방법입니다. 브런치에서도 더 많은 독자가 유입되는 것을 꺼리지는 않을 테니까요. 예를 들어 '3년 만에 1억을 모은 재테크 방법'이나 '굶지 않고 다이어트에 성공한 노하우' 같은 주제죠. 브런치 담당자가 궁금해서라도 뽑아주지 않을까요?

브런치 작가에 통과한 뒤 반드시 활동 계획에 담은 내용대로 글을 써야 하는 건 아닙니다. 심사 과정일 뿐이니 미리 뒷일을 걱정할 필요는 없습니다. 나중 일은 나중에 생각하고 자신 있게 포부를 밝히세요.

가장 중요한 샘플 글!

---

03. 자료첨부

내 서랍속에 저장!
이제 꺼내주세요.

'작가의 서랍'에 저장해둔 글 또는 외부에 작성한 게시글 주소를 첨부해주세요.
선정 검토 시 가장 중요한 자료가 됩니다.

'나는 이런 글을 씁니다' 하고 보여줄 만한 샘플 글이 필요합니다. '선정 검토 시 가장 중요한 자료가 됩니다'라는 문구가 있는 만큼 공을 들여야 할 부분입니다. 글 세 편 정도면 충분합니다. 양보다는 질이 중요해요. 2단계에서 쓴 목차에 포함되는 글이면 더 믿음이

가겠죠.

주제가 잘 드러나고 자신만의 경험이나 사유가 담긴 글이어야 합니다. 어디에서나 볼 법한 글이 아닌 나만의 색깔을 보여주세요.

SNS 정보 입력, 없어도 그만

활동하는 SNS가 있으면 링크를 첨부합니다. 자신의 성향을 보여줄 수 있고 팔로어가 많다면 아무래도 보탬이 되겠죠? 그렇지 않다면 없어도 그만입니다. 선정 기준에 큰 영향을 미치는 요소는 아닌 듯합니다.

자, 이제 신청 버튼을 누르세요. 2~3일 내에 결과가 메일로 옵니다.

행여 브런치 작가에 떨어져도 너무 상심하지 마세요. 많은 글벗이 도전하는 과정을 지켜보았는데, 글을 잘 썼다고 통과하는 것도, 못 썼다고 떨어지는 것도 아니더라고요. 심사 기준은 브런치 담당자만 알고 있겠죠?

3 내 글을 수만 명이 읽는다?

브런치에 올린 글은 포털 사이트 다음 등 타 채널에 노출되기도 합니다. 출판 관계자를 포함한 더 많은 사람이 내 글을 읽는 기회가 생기는 것이죠.

그렇지만 사람들이 많이 읽는다고(정확하게는 클릭한다고) 내 글이 훌륭하다는 뜻은 아닙니다. 조회 수는 엄청나게 많은데 '좋아요, 공유, 댓글, 구독'은 거의 없다면 오히려 나쁜 신호입니다. 제목에 호기심을 느껴 들어왔다가 글에 실망하고 갔을 확률이 높으니까요. 그러니 조회 수 자체에 큰 의미를 부여할 필요는 없습니다. 다만, 어떤 글(제목)에 관심이 많은지 정보를 얻고 앞으로 글을 쓸 때 참고할 수 있겠죠. 글까지 충실하다면 순식간에 많은 구독자를 얻기도 합니다.

출간에 브런치 구독자 수가 중요한 역할을 할까요? 구독자가 적거나 글을 몇 편 쓰지 않아도, 필력 뛰어난 숨은 고수를 출판사에서 귀신같이 찾아내기도 합니다. 반면 구독자가 아무리 많아도 콘텐츠가 탄탄하지 않다면 '책'이라는 그릇에 담아내기 어렵습니다. 그럼에도 이왕이면 많은 게 좋다고 생각합니다. 글 쓰는 사람에게 구독자가 많아서 나쁠 이유는 없습니다. 구독자가 많으면 내 글을 기다리는 사람이 많다는 뜻이며, 그것이 글을 쓰는 동기로 작용하기 때문입니다. 피드백도 그만큼 더 많이 받을 수 있고요. 꼭 출간으로 이어지지 않더라도 말이죠.

타 채널에 노출되었던 제 브런치 글을 분석해보았습니다.

타깃의 비밀: 3040을 노려라!

글을 쓸 때는 항상 독자를 생각해야 합니다. 타깃이 명확해야 친절한 글이 나오기 마련입니다. 브런치에서는 1020 세대보다는 30대에서 40대를 타깃으로 한 글이 인기가 좋았습니다. 그래서인지 직장, 자기 계발, 엄마를 주제로 한 글이 눈에 자주 띄었습니다. 특히 그런 내용이 제목에 드러나면 글이 노출될 확률이 높았습니다.

제목의 비밀: 일하고 공부하고 먹어라!

공유됐던 글 제목을 내용과 형식에 따라 분류해봤습니다. 제가 즐겨 쓰는 주제가 다양하지 않았다는 점을 감안하고 참고만 해주세요. 가장 많았던 소재는 '자기 계발(13회)', '직장(12회)', '음식(7회)' 순이었고 '엄마'나 '여행' 키워드가 뒤를 이었습니다. '자기 계발'과 관련된 내용은 글쓰기, 운동, 건강 등이었고요. '직장'은 퇴사나 인간관계 고민, '음식'은 계절 식재료나 라면처럼 친근한 음식이었습니다.

제목을 살펴보면 '~하는 이유', '~하는 비법'처럼 호기심을 유발하는 형태인 '궁금형(22회)'이 압도적으로 높았고, 그다음은 물음표로 끝나는 '질문형(8회)', 공감을 호소하는 '공감형(6회)' 순이었습니다. 그 외에도 패러디형이나 '~하라' 같은 명령형이 있었습니다.

옆 페이지의 표는 제가 브런치에서 썼던 글 중 타 채널에 노출되면서 높은 조회 수를 기록한 글 제목을 분석한 내용입니다. 대부분 서평이나 에세이입니다.

내용과 형식의 비밀: 재미있거나 유용하거나

타 사이트에 노출되고 많이 읽힌 글은 제목에서도 엿볼 수 있듯

랭킹	글 제목	조회 수	제목 소재	제목 형식
1	우리가 '코스트코'에 갈 수밖에 없는 이유	약 36만	음식	공감+궁금
2	회사에 월급 루팡이 많은 이유	약 9만	직장	공감+궁금
3	라면만 먹은 91세 할아버지의 장수 비결	약 9만	음식+건강	궁금
4	엄마는 왜 아침마다 꼬마김밥을 말까?	약 8만	음식+엄마	질문
5	하마터면 대충 살 뻔했다	약 7만	자기 계발	패러디
6	대파가 이렇게 맛있을 일이야	약 6만	음식	궁금
7	와이어 브라를 싹 내다 버렸다	약 6만	기타	궁금
8	엄마는 왜 나에게 코렐 접시를 줬을까?	약 5만	엄마	공감+질문
9	필사적으로 필사하라	약 5만	자기 계발	궁금+명령
10	'나쁜 남자'에 빠지면 위험한 진짜 이유	약 4만	연애	궁금

재미있고 유용한 내용을 담았습니다. 평범한 하루에 질문을 던지고 책에서 답을 찾아보거나 깨달음을 얻는 내용, 더 나은 삶이란 무엇인지 무겁지 않게 고민하는 글이 인기를 얻었습니다.

분량에서도 공통점을 발견했습니다. 서평은 4,000자에서 5,000자였고, 에세이는 그보다는 짧은 1,500자에서 2,000자 내외였습니다.

모바일로 읽는 사람이 많으니 가독성을 고려해 문단 사이마다 줄을 바꾸었고 소제목을 달았습니다. 강조하고자 하는 부분은 글자 색이나 크기, 굵기를 다르게 했습니다. 글과 잘 어울리는 사진도 하나 이상은 꼭 찾아서 넣었습니다. 메인 화면에 노출될 때 제목과 사진이 함께 뜨기 때문에 있는 편이 좋습니다. 직접 찍은 사진을 올리면 가장 좋겠지만, 무료 이미지 사이트에서 다운받아 활용해도 괜찮습니다.

저작권에서 자유로운 고해상도 무료 이미지 사이트

- **언스플래쉬** unsplash.com
- **픽사베이** pixabay.com
- **펙셀** pexels.com

4 작가님께 새로운 제안이 도착했습니다

브런치 작가를 하면서 가장 설렌 날은 '제안이 도착했습니다'라는 알림이 떴을 때입니다. 글이 어느 정도 쌓이고, 타 채널에 노출되면 생각지도 못한 제안이 들어오는데, 서평을 써달라거나, 글 공유 허락을 요청하는 등 여러 의뢰가 있지만 가장 심장이 쿵쾅거리는 건 출판사에서 보낸 출간 제의였죠.

브런치에 가입할 때 등록했던 이메일로 제안이 오는데, 처음부터 너무 긴장하지 않아도 됩니다. 메일로 서로의 의사를 간단히 확인하고, 일정이 맞으면 직접 만나서 구체적인 출간 논의를 합니다. 만나고 나서 계획이 어그러지기도 합니다. 사실 빗나가는 일이 더 많습니다. 하지만 유익한 경험이에요. 편집자와 대화를 하면서 내 글이 책이 되는 데 부족한 점이 무엇일지, 출간이 어떻게 진행되는지 배우니까요.

브런치를 통하지 않아도 좋습니다. 이왕 글을 쓰기 시작했으니, 잘 다듬고 완성해서 책 한 권에 내 글을 담아보는 소중한 경험을 꼭 해보시기 바랍니다. 벌써 설렌다고요?

에필로그

계속 쓰면 기필코 달라집니다

21일 글쓰기 PT에 이어 실무 노하우까지 모든 과정이 끝났습니다.

'글은 그저 마음 가는 대로 쓰는 거지, 이렇게까지 애써야 해?'라고 생각한 분도 있을지 몰라요. 하지만 투덜거릴지언정 끝까지 포기하지 않았다면 노력은 절대 배신하지 않으리라 믿습니다.

21일의 과정을 끝낸 여러분은 앞으로 업무를 볼 때나 블로그에 글을 쓸 때, 전과는 달리 거침없이 첫 문장을 시작하게 됩니다. 멍하니 모니터만 바라보던 과거는 온데간데없이 가슴속 깊이 묻어두었던 생각을 빠르게 퍼 올려 능숙하게 글로 변환할 거예요. 예전보다 끈적해진 오감의 촉 덕택에 좀 더 생생한 표현을 구사할 수 있게 됐어요. 마침내 글쓰기뿐만 아니라 생활 전반에 놀라운 변화가 나타납니다.

마치 예언가처럼 이야기한다고요? 매일 꾸준히 글을 쓴 PT 선배들이 증언했으니 읽어보세요. 의심은 확신이 될 거예요.

글이 쌓이는 만큼 글쓰기에 두려움이 조금은 사라졌다. 회사에서 하나의 일을 마무리하듯 글쓰기가 일상의 일부가 되어갔다. 내가 좋아하는 주제로 글을 쓸 때도 정확하게 표현하기 위해 자료를 찾아서 확인하고, 맞는 표현을 쓰려고 네이버 사전을 검색하기도 한다. 어제 쓴 글을 오늘 다시 읽어보고 오타를 잡거나 표현을 조금씩 바꾸는 재미도 있다.

글쓰기 PT 8개월 훈련 황유숙

매일 글을 쓰려니 온전히 나에게 집중하는 시간이 필요했다. 저녁에 글 쓰는 시간을 확보하려니 아이들을 일찍 재워야 했다. 그러나 아이들이 내 맘대로 움직여줄 리 없다. 모두 잠든 조용한 아침에 글쓰기 시간을 가졌다. 평생 밤 부엉이로 살던 나는 그렇게 미라클 모닝을 시작하게 되었다.

글쓰기 PT 2개월 훈련 이은주

내가 처음 쓴 글을 친한 친구에게 보여주고 나서 세 달 뒤에 쓴 글을 보여주었다. 친구는 내가 쓴 글 같지 않다고 하며 "처음에 비해 진짜 많이 발전했어. 매일 꾸준히 하면 정말 실력이 느는구나"라는 기분 좋은 피드백을 해주었다. 처음에 실력이 제로 베이스였기 때문에 올라갈 곳이 있다는 것. 그것만으로도 매일 글을 쓸 이유가 충분하지 않은가.

글쓰기 PT 4개월 훈련 한경원

나만 생각하며 글을 쓰던 예전과는 달라졌다. 타인을 위해 글을 쓰는 것은 아니지만 타인이 읽을 때 불편해하지 않도록 글을 써야 한다는 사실을 알고 반성했다. '그동안 내 글을 읽는 사람들이 힘들었겠구나!' 하는 마음이 들어 배려하는 글쓰기를 실천하려고 노력 중이다.

글쓰기 PT 9개월 훈련 최인숙

글을 쓰기 시작하면서 나도 모르게 사람이나 사물을 관찰하는 버릇이 생겼다. 무심코 지나쳤을 주변 인물의 말과 행동, 나를 둘러싼 환경 모두 훌륭한 글감이 될 수 있다는 사실을 배웠기 때문이다. 글을 쓴다는 것은 지금 이 순간에 의미를 부여하는 것, 즉 주어진 삶을 더 풍요롭게 하는 일이다.

글쓰기 PT 3개월 훈련 김정아

설마 이 좋은 걸 마다하려고요?

강한 체력과 정신력을 바탕으로 강한 문장을 꾸준히 갈고닦기로 해요. 그리하여 당신의 직장 생활과 일상이 날이 갈수록 풍요로워지길, 글쓰기 코치 글밥이 끝까지 응원하겠습니다.

나도 한 문장 잘 쓰면 바랄 게 없겠네

2021년 03월 10일 초판 01쇄 발행
2021년 05월 03일 초판 03쇄 발행

지은이 김선영

발행인 이규상 편집인 임현숙 책임편집 박은경
편집2팀 박은경 강정민 기획 이수민 교정교열 이정현
마케팅실장 강현덕 마케팅1팀 전연교 윤지원 김지윤
디자인팀 김지혜 손성규 손지원 영업지원 이순복 경영지원 김하나

펴낸곳 ㈜백도씨
출판등록 제2012-000170호(2007년 6월 22일)
주소 03044 서울시 종로구 효자로7길 23, 3층(통의동 7-33)
전화 02 3443 0311(편집) 02 3012 0117(마케팅) 팩스 02 3012 3010
이메일 book@100doci.com(편집·원고 투고) valva@100doci.com(유통·사업 제휴)
포스트 https://post.naver.com/black-fish 블로그 https://blog.naver.com/black-fish
인스타그램 @blackfish_book

ISBN 978-89-6833-298-2 03800